TIGER×DRAGON 7!

竹宮ゆゆこ

插畫◎ヤス

少年啊……睜開眼睛吧。
耶誕派對的時間到了。

男
NLY
揉揉惺忪的睡眼，一睜開眼睛便映入眼簾——
「呵呵呵♥型男專用的派對會場是這邊喔♥」
美豔耶誕老人打扮的亞美正在對我招手。型男……？
那不就是在說我嗎？這下子當然要去！
於是我毫不猶豫地踏進門裡。

走入派對會場，發現只有我一個男生。看看右邊，是辣妹！
「呀啊——！奈奈子快看快看，來了一名超級美少年耶！
那邊的帥哥，過來過來，再過來一點～～！」
看看左邊，也是辣妹！
「麻耶真是太興奮了……
不過像這樣知性派的男生，
人家也不討厭喔……？」
喔喔，別這樣，別那麼用力推擠，
這樣豈不是很難走路嗎？呵呵呵……
不曉得眼睛該看哪裡的我被帶往更裡面。
心裡愈來愈期待。

「喔！真是位帥氣的紳士！喲！
派對還長得很，在這裡打發一下時間吧？」
哇咧！是個怪傢伙！不用了！NO THANK YOU！不需要！
我華麗地加以回絕。
おてもと
OHASHI

「什麼嘛……你的意思是說跟我和小実很無聊嗎？
難得的耶誕節，人家想找你一起做些『快樂的事』，
才在這邊等你……算了，笨蛋。我要回去了。」
咦？這什麼意思!?
等等等等一下！我不是拒絕妳！
我一邊大喊一邊跑向她，但是——
「啊，痛！」……慘了，摔倒了——！

痛痛痛……我正想要起身，突然有人對我伸出援手：
「你沒事吧？振作一點！」
「全裸喲！我們可是全裸喲！」
呀啊啊啊！
髒死了！噁心！別過來！你們給我遮一下！
我只想和可愛又有魅力的 PRETTY 耶誕老人一起玩！

「『可愛又有魅力的 PRETTY 耶誕老人』
是指我嗎！」
呀啊——我的慘叫聲，
在耶誕夜的夢裡融解……消失……

……我作了這樣的夢喔！
「萎、危、猥、猥褻的傢伙！」
「最倒楣的人是我！」
「為什麼只有我沒女人味——！」
「討厭～～春田同學真是的～～♥」
「喂喂，我的胸膛應該更厚實喔？要看嗎？」
「我才不要和北村相提並論——！」
「唉呀呀，真是傷腦筋……呵呵呵。」
「好色的傢伙！低級——！」
真抱歉讓各位看到部分不堪入目的畫面！
內文沒有這麼恐怖的內容，還請安心閱讀！

竹宮ゆゆこ

挿畫◎ヤス

1

——並沒有特別在想些什麼。

櫛枝実乃梨頭上頂著壘球手套，坐在冷冰的破板凳上。此刻的她無法重新振作。壘球社的社員紛紛開口激勵她——「社長，打起精神來。」「今天大家狀況都不好。」「偶爾也會這樣。」「這只是練習賽，別放在心上。」……怎麼可能不放在心上？我這個社長真是太丟臉了。打得這麼差，連我也原諒不了自己。

如果有人問她，是否百分之百心無雜念地專注在比賽上，她也沒辦法坦然點頭。

當時——九局下半兩人出局，壘上沒有跑者，三比一領先。

球伴隨軟弱無力的擊球聲來到自己的守備位置，在空中畫出平緩的弧線一個彈跳，彷彿準備自己跳進她的手套。照理來說應該是：「太好了！贏定了！」接住球，將跑者刺殺在一壘，同時結束比賽。然而——「咦？」「櫛枝在搞什麼！」「呀啊！」

我方的球員休息區傳來慘叫。對手的球員休息區則是大喊——「太好了、太好了！」「漏接！快跑！」騙人的吧？她的頭髮不禁豎了起來。為什麼球還沒傳出去，就先掉出手套？愈慌張事態就愈惡化，想要撿起滾動的壘球卻不小心踢到，耳朵還可以聽到「快繞過二壘繼續跑！」的聲音。不會吧不會吧不會吧！慘了慘了慘了！跑者趁著実乃梨撿球的時間繞過二壘繼續跑。在哀號與歡呼聲之中，她總算撿起球傳向三壘，沒想到一個暴傳，跑者又趁勢回到本壘。

嗆人的塵土氣息。

無能為力，只能任由隆冬的寒風吹冷身體。

某個接近傍晚的週日午後。斜射的陽光。

無法重振精神的自己，只是一名失敗者。

……就好像骨牌效應，身為王牌投手的櫛枝実乃梨一發生失誤，全隊的集中力也跟著渙散，再也無法恢復。四壞球保送上壘，接著不斷發生失誤，一下子又讓對方追回一分，最後是一記再見全壘打。

「啊啊啊……真是的……」

抱住頂著手套的頭彎下腰，鼻子靠在滿是塵土的膝蓋上。不是別人的錯，她沒有看不起練習賽，也不是狀況不好，更不是只有今天這樣。

都是自己，都怪自己內心充滿雜念，才會無法集中精神，導致這種下場。如果這麼繼續下去，恐怕再也贏不了比賽。

「我……到底在搞什麼……」

＊＊＊

「你到底在搞什麼！」

「我什麼也沒做啊……」

雜碎雜碎雜碎雜碎雜碎雜碎雜碎雜碎雜碎雜碎雜碎雜碎雜碎你這個大雜碎！寒冬的冷風與劈頭而來的怒罵，交會成為有如龍捲風的漩渦，從高須竜兒的腳下不停往上吹。他睜大眼睛，瀏海在寒風漩渦裡飛揚，那副模樣就像魔王降臨，不祥的感覺彷彿可以輕易打飛一兩顆星星。然而當事人完全沒有當魔王的打算，只是因為說出實話卻遭到當面指責，感到有點沮喪……

「我還能怎麼辦！因為……」

「密翠——！」

啪啪！謎樣的聲音與巴掌聲同時響起，竜兒左右臉上各挨了一巴掌。那個謎樣叫聲大概是「閉嘴」。竜兒按著雙頰不發一語。就算到了現在，他仍然會被突如其來的暴力行為嚇到。

接著——

「你還有什麼藉口，大雜碎！大雜碎醜八怪好色羅素梗！一輩子只能當除蟲劑！涼拌菜豬頭！頂著海狗小黑臉到死吧！」（註：海狗小黑是日本諾貝爾糖果公司黑糖喉糖的吉祥物）

更加凶狠的怒罵就像來自異次元的多彈頭飛彈，從各個角度狠狠鑽入魔王的心臟，最後還以一句嘲諷的「噁心！」做為結尾。沒禮貌的傢伙……不，不只沒禮貌，讓人想叫她「惡魔」的傢伙，正擺出一副了不起的模樣。

她的站姿桀驁不馴、高抬的下巴滿是傲慢、侮蔑的半睜眼神盡是冷酷，臉頰被寒風吹成薔薇色，撥弄長髮的她，就是逢坂大河——以「掌中老虎」稱號聞名的美麗惡魔。

洋娃娃般精緻的美麗容貌，加上「掌中老虎」綽號由來的嬌小身材。她的聲音意外低沉、冷酷又平淡：

「竜兒這輩子註定要一個人孤獨到死了……」

斬——刀光閃過。

站在路中央的竜兒變成不會說話的石像。這比來回甩他兩巴掌還要過分。在一連串「臭罵」與「毆打」之後，最後這句過於殘忍的話語，該怎麼說……這不就是暴力嗎？警察先生，可以讓人家這樣罵了又打、打了又罵嗎？日本，這算是合理的嗎？難道不用依法取締嗎？竜兒收集四散的勇氣碎片，抱緊裂成兩半的心，做好覺悟用力瞪著大河：

「妳、妳別以為這個法治國家會永遠縱容妳……！」

「你說啥？」

拚了命的反駁，只因為正在挖耳朵的大河一句「你說啥？」便立刻化為塵埃，瞬間消滅。寒風吹過針鋒相對的兩人之間。

這是一個隆冬的週日。

太陽比較早下山，時間才剛過五點天空就已經抹上夜色。熟悉的商店街因為主婦、一家大小、戴著口罩的老婆婆，以及晚點要去玩的年輕人而熱鬧不已，甚至有點混雜。

咚！竜兒的手肘輕輕碰到路過的行人，他立刻點頭道歉並且讓出路來。是啊，我不能因為大河講的話太過分就變成石像擋在路中間，影響過往行人通行。就在竜兒恢復成活生生的正常人類，準備再度往前走時——

「咦……？大河？」

竜兒這個時候才注意到剛才還在面前發射異次元飛彈的惡魔已經不見蹤影。惡魔歸惡魔，那傢伙可是掌中老虎……旁人恐怕聽不懂他在說什麼，總之他想表達的意思是「個了小」。搞不好嬌小的大河因為人潮推擠而迷路了？

「喂！大河！妳在哪裡？」

竜兒雙手拎著沉甸甸的環保購物袋不停左右張望，企圖在人潮之中找出失去蹤影的大河髮旋。尋找標準是及腰的微捲髮、看起來很昂貴的白色安哥拉羊毛外套，還有在脖子上繞了

三圈的男用圍巾。

反正兩人都要回高須家，就算竜兒先回家，大河家也在旁邊，不一起走也無所謂。可是大河在十二月的寒冷日子失去蹤影，多少讓竜兒有點不安。到底怎麼了？竜兒蹙著眉頭環顧四周。「咿……！」年輕媽媽抱著孩子閃到路旁。竜兒心想：我不是隨機殺人魔啦！

「你在做什麼啊？站在這裡簡直就像隨機殺人魔。」

「喔！我在找妳啊，妳跑到哪去了！而且妳還真的不把我當一回事……」

從往來行人之間現身的大河露出滿足微笑，舉起拿在右手的東西：「你看你看！」那東西雖然還有一半埋在打開的包裝紙裡，但是香濃的奶油香味與甜甜的牛奶氣息，加上特有的環狀特徵，沒錯，那一定是——

「甜甜圈？妳從哪裡弄來的？」

「那邊。嘿嘿，剛才聞到很棒的味道，所以忍不住跑去買了！不曉得好不好吃，所以先買一個。好吃的話再排隊多買幾個。」

大河手拿甜甜圈指向前方的白色廂型車——後門打開之後就成了簡易店鋪，前面有數名男女正在排隊。聽她這麼一說，四周的確飄著一股甜甜圈的香味。包括大河在內，所有熱愛甜食的人都難以抗拒。竜兒並不討厭甜食，不過——他先看向手寫招牌，然後馬上把頭轉回來。用麥克筆手寫的店名是「Kreme Krispy」……這很明顯是模仿……絕對是模仿！（註：

「Krispy Kreme Doughnuts」是在日本十分受到歡迎的美系甜甜圈店）

「店名那麼可疑……要不要緊啊？」

「沒問題吧？你看那個人還邊走邊吃，應該沒有下毒。」

「為什麼吃個甜甜圈要有這麼奇怪的覺悟？」

「因為你看店名──『Kreme Krispy』──絕對是模仿的。」

「所以我才說很可疑，正經的店家怎麼可能會取這麼類似的店名。」

「可是一定吃不到那家的甜甜圈啊。我去店裡看過，現在還是大排長龍！光看到要排隊就煩！可是吃過的人都說：『酥脆又鬆軟，一入口……就溶化了。』害我很想吃吃看。」

「嗯，聽說和其他甜甜圈完全不同呢。」

「是啊是啊。所以竟然敢光明正大取了類似的店名，想必味道應該也很接近。嗯～好香！快來吃吃看味道如何……」

嗯啊──大河在路旁粗魯地張開嘴巴，大口咬下甜甜圈。愉快的笑容立刻變得暗淡，每一次咀嚼表情就愈發微妙。

「如何……？和其他店家賣的完全不同嗎？」

大河一邊咀嚼一邊點頭，光看外表就知道情緒低落：

「的確……完全……不同……該怎麼說──乾澀鬆散，口中的水分好像快被吸乾……」

「不准剩下，太浪費了。」

「啊、我想到好點子了！把這個放進你房間的壁櫥吧？它一定可以把濕氣完全吸乾。」

「不准剩下，太浪費了。」

「嗚……」

大河嘟著嘴，帶有幾分怨恨地盯著甜甜圈。每個買了之後邊走邊吃的人，雖然活蹦亂跳沒人倒下，可是表情也和大河一樣奇妙。大河成了奇妙表情的群眾之一。「甜甜圈耶～～！」「Krispy Kreme（誤會大了）耶～～！」一群國中女生吵吵鬧鬧，手拿零用錢開心排隊。竜兒與大河都沒有那種閒工夫特地告訴她們「那個很難吃喔」。

「真是的，要吃晚餐了還吃些怪東西。多少錢？」

「兩百圓……」

「兩──百──圓！妳花了兩百圓吃擺在壁櫥裡的除濕劑？」

竜兒並不是以其人之道還治其人之身，只是站在手拿著甜甜圈、心情低落的大河面前，他實在無法沉默。這是在教導她下次別犯同樣的錯誤。

至於今天的晚餐是以鰤魚和水菜為主，加入日本酒提味的簡單火鍋。配菜是蓮藕、牛蒡加上雞皮的辣炒牛蒡，還有薑燒雜糧飯。鰤魚真的很貴，雖然只是鰤魚切片還是貴。天然鰤魚更貴，竜兒還是買了三人份，誰教現在正值產季！反正養殖鰤魚也不便宜，不如買天然

的！而且還有另外一個原因……

「今天的鰤魚火鍋可是為了幫妳慶祝！」

「我知道……」

「太沒勁了！妳一點也不知道！就是這樣才會被奇怪攤販的甜甜圈騙了！妳剛才不也看到鰤魚的價格了？看到我的幹勁了嗎？竟然故意用難吃的零食把胃塞滿……我不想提這種無聊事，可是鰤魚是我請客的！可惡，看在價錢的份上，就算是做做樣子也要歡呼一下！」

「太好了——太好了——！鰤魚鰤魚——！」

「再來——！」

「鰤魚大豐收——！嘿咻！」

竜兒望著手拿甜甜圈、長髮飄逸、面無表情雀躍歡呼的大河，然後點點頭。好，這麼一來鰤魚還有從高須家中消失的幾張鈔票，就能夠毫無怨言地歸天了。至於大河的兩百圓零用錢是否化為怨靈永遠徘徊在人世間，就不屬於竜兒的管轄範圍。

沒錯，今晚要慶祝一下。停學的大河星期一就要回到學校，明天開始她又能夠上學了。

不過仔細想想，兩個星期過得真快。

那樁彷彿惡夢的事發生至今，也已經過了兩個星期——竜兒再度嘆息，惡夢嗎……不，不要再回想了，就算想起來也於事無補。結論就是大河不用退學，明天又能上學了。一切到此為止。竜兒的想法十分和平，可是——

「剛才的話題還沒說完……為什麼你這麼那個！」

身穿安哥拉羊毛外套的大小姐瞇起雙眼，隱約顫動的眼中藏著暴虐。竜兒小心翼翼地保持距離反問：

「……那個是哪個？」

「就是為什麼這麼沒用！為什麼少了我這個電燈泡，你卻沒有趁機有所進展！為什麼和小実的親密度沒有提升！我想說的就是這些！你這幾天到底在幹什麼？你以為我是為了什麼特地停學的？」

「才不是為了我吧……」

「別想偷偷轉移話題，卑鄙的傢伙！」

「……」

滲入心底的不講理，讓竜兒不禁噤聲。大河進一步縮短距離，並且乘勝追擊：

「你怎麼不趁我不在的時候，和她兩個人一起上學？邀她一起吃午餐？或是周末出去玩？不是有很多該做的事嗎？結果呢！就連傳通簡訊都沒有？哈！真是笑掉我的大牙，你這雜碎雜碎雜碎雜……痛！咬到舌頭了……！」

在按住自己的嘴巴，一臉不高興的大河面前，竜兒終於說出自己的藉口：

「因為真的沒辦法啊！妳不在，櫛枝也沒有出現在早上等妳的地方；中午又和其他女生一起吃飯，可是她們我又不熟；放學之後似乎一直在忙社團活動，我又沒辦法想傳簡訊就傳簡訊！」

說起來真的很沒出息，但事實就是如此。

大河停學不來學校之後，竜兒與実乃梨之間突然斷了線。單戀了這麼長的日子，兩人的距離多少縮短了一點吧？即使不是戀人，至少也是朋友吧？雖然這麼想，沒想到少了大河這個兩人共同的朋友，竜兒連和実乃梨說句話都很困難。當然兩人並不是無視彼此，見面時還是會說些基本的「早安！」、「BYE　BYE～」、「喲！你好嗎？」之類的招呼。

竜兒正想嘆一口氣，但是突然打住，心想「不對」並且抬起頭來……

「就算這樣也比四月時有所進展了……嗯，沒錯。」

他一個人雙手抱胸，逕自點頭認同。

「沒、錯、個、頭、啦、你、這、個、垃、圾！」

「咦哇哇啊～～咿……！」

竜兒的喉嚨發出沒聽過的新式慘叫。大河真不愧是稀有慘叫製造者……現在是不是說這種事的時候吧？

大河伸手用力拉扯竜兒的上嘴唇，像是打算整個扯下來。牙齦與嘴唇內側相連的地方快要裂開了。竜兒擔心自己的臉皮安全，腦袋不由自主地往後仰，並且踮起腳尖。

「什麼叫沒出現在等我的地方？蠢蛋！豬頭豬頭、豬——頭！你打算一輩子被動嗎？你以為自己是誰？想效法忠犬八公嗎？你以為只要靜靜等待，小実就會主動過來找你嗎？唉呀呀呀，怎麼會有這麼不像話的蠢蛋！太——恐怖了！怎麼會這樣！」

「哈唔唔嘻哇哇～！」

大河用她的怪力掀起竜兒的上嘴唇，同時揮舞甜甜圈。竜兒不曉得接下來會遭到什麼對待，光是想像就感到害怕。

「不積極就該死！你就到極樂世界等待小実吧！」

「哈嘻啊啊啊啊～！」

——救命啊！

生命面臨如假包換的危機，竜兒閉上眼睛開始觀賞走馬燈。托兒所……畢業典禮時的失態……上小學……只有我的書包是二手貨……二年級的遠足……泰子睡過頭而沒有便當……「混道上的」這個綽號……也是從那個時候開始……

「啊！」

大河突然輕叫一聲，同時放開竜兒的上嘴唇。竜兒的臉從向上的拉力解脫，不禁腳步踉蹌，睜大滿是淚水的眼睛低聲呻吟：

「喔嗚……！」

周圍行人紛紛因為眼前的光景停下腳步，同時讚嘆：「哇啊！」「好美喔！」

道路兩側的店家前面出現一條耀眼的光帶。

商店街管理委員會訂製的燈飾一齊點亮，閃閃發亮的金色光芒好像攀上屋簷，時而描繪圓弧，時而繪出波浪。藍色光芒一邊閃爍一邊朝遠處延伸出一座耀眼的拱門，商店街的天空一下子變成過度鮮豔的天象儀，遮蔽傍晚時分微弱的星空。

這副場景真的很美麗。

叮叮噹——喇叭流洩出以鈴聲開頭的背景音樂。垂掛在街燈下方的杉樹外型煤油燈正在閃閃發光，上面還有滿臉笑容的耶誕老人和紅鼻子馴鹿，看起來非常耀眼。文字燈飾閃出「耶誕快樂！」幾個字。

「對了……啊啊，對了！就快耶誕節了……！」

大河站在閃閃發光的燈海之中，忍不住張開雙手仰望天空，臉上浮現不曾見過的天真笑容，轉過身面對竜兒大叫：

「好……漂亮——！啊啊，怎麼會這麼美！這麼棒！去年明明沒有這麼豪華的燈飾！」

閃閃發亮的ＬＥＤ燈倒映在她的眼中，有如寶石般耀眼炫目。「該不會還有耶誕樹吧？」

——看到大河的模樣，竜兒也不禁忘記上嘴唇的疼痛，跟著笑了：

「是啊，今年的耶誕裝飾非常用心。這麼說來耶誕節的確快到了。」

「我啊，最最最最……」

緊閉眼睛、緊握拳頭的大河先蹲下身子，接著以「大」字型跳起來大喊：「最喜歡耶誕節了！」陌生路人也跟著笑道：「那孩子很興奮呢。」大河朝著天空伸直雙臂、挺起胸膛，眼中的光芒更加耀眼，水汪汪的模樣像是快要哭出來：

「啊～～好期待啊……！暫時要當一陣子好孩子了！一定要乖一點才行！因為差不多快到日本上空了！」

「什麼？」

「你問這什麼笨問題啊！當然是耶誕老人啊，耶誕老人！」

大河不顧形象地大喊，隨即露出滿面笑容接著說道：

「給我，我幫你提一袋。」

大河從竜兒手上奪走一個購物袋。啊，搶劫……才怪。該不會是發燒了吧？竜兒忍不住伸手放在大河的額頭上。

「怎、怎麼了？」

「大河，別死啊！」

大河撥開竜兒的手，只是動作比平常溫柔許多。認真的視線沒有惡意也沒有嘲弄：

「偶爾也讓我幫忙嘛，只是這樣而已！至少在耶誕老人過來的這段期間，我要當個乖孩子，因為我真的太喜歡耶誕節了！」

「不是，我知道妳喜歡耶誕節，可是會不會太突然了……為什麼？為什麼妳會這麼喜歡耶誕節？」

「你問這什麼傻問題啊！喜歡耶誕節需要理由嗎？你看，街上變成這麼美麗又閃亮，每個人臉上都帶著開心的微笑……對了！竜兒拜託你，二十五日那天要煮些好料的！要平常吃不到的那種！大魚大肉！就是外國人吃的那種料理！」

大魚大肉——竜兒第一次聽到這麼躍動人心的詞彙。揚起的三角眼搖曳發狂般的亢奮光芒，忍不住伸出舌頭舔了一下嘴唇……看妳要大魚大肉還是人肉都沒問題——！嘻嘻哈哈呼呼！他當然不是在想這種事，只是氣氛浪漫的耶誕節燈飾，也照在竜兒睜大的眼裡閃閃發光罷了。

「聽妳這麼一說，我突然手癢了……！喔，來勁了！耶誕節要吃平常吃不到的大餐是嗎？好！看我的！」

「交給你了！我要去百貨公司地下街買一個最好吃的蛋糕！嘿嘿，要買哪一家的好呢？買法式樹幹蛋糕好嗎？啊～～得去買本雜誌回來研究！對了，還要請泰泰準備香檳，要最高級的！」

呀啊！好期待喔！兩人在路上自顧自地興奮不已，然後兩人不約而同開口：

「問題是……」

「耶誕夜……對吧？也不知道是誰規定的……」

「大家都把那天視為情侶共度的日子……」

竜兒與大河先是交換視線，過了一秒鐘之後同時嘆氣。兩人腦中想的當然是各自單戀的對象——竜兒是櫛枝実乃梨，大河則是北村祐作。

特別是大河，因為才剛發生讓她想要嘆氣的事。

「我絕對會失敗。沒辦法邀他。總覺得……該怎麼說？像是在傷口上灑鹽的感覺……剛失戀的他一定很寂寞，這麼做實在不太好。」

事情就發生在兩個星期前，也就是大河遭到學校停學的同一天，北村當著全校學生面前，大膽演出向前任學生會長告白，並且慘遭拒絕的驚人戲碼。

光是北村有喜歡的老大……女生，這件事就足以讓大河為之震撼，再加上那個老大……女生因為要留學，所以兩個人分離兩地，反而無法「公平競爭」。關於這一點，竜兒也相當能夠理解。

所謂「無法公平競爭」就是——

「不過北村相當在意妳停學的事。」

「騙人！真的嗎？這、這麼說來，我的確收到很多『妳還好嗎？』的簡訊。」

「真的。只要妳開口邀請北村，他應該不會拒絕。」

「他一定只是禮貌性回應吧！人家不喜歡那樣！感覺好像……有種看不見的強迫……會讓人搞不清楚他到底是真心接受邀請，還是因為體貼不方便拒絕……」

「說得也是……如果妳是知道利用機會一口氣分出勝負的女生，就不會在停學最後一天的星期日晚上，和我一起採購晚餐的東西了。」

「是啊……」大河小聲回應，竜兒再度邁出腳步。

他當然也想為大河的戀情加油，可惜狀況實在太過困難。大河找甩了北村的女生打架，因此才被停學。北村當然感覺對大河有所虧欠，很可能變成只要是大河的要求，他全部來者不拒。就是因為情況太過有利，才會顯得不公平，反而讓大河不願積極行動。

走在垂頭喪氣的大河身邊，竜兒也同樣感到沮喪。他也認為耶誕夜邀請暗戀的對象約會，絕對會失敗。

邀請実乃梨失敗的原因，遠比大河來得單純。首先那天是耶誕夜，壓力相當大。十二月二十四日這個日期，對全世界來說（還是只有日本？）都是十分重要的戀愛相關節日。在這種日子會特別想要邀請喜歡的對象，而且選在這天約會，意思就是打算告白或求婚，絕不可能用一句「今天玩得很開心，再見。」加以打發。再說要對実乃梨告白——不不不，辦不

到，還太早了，絕對不行。第二個理由是現實問題，像是耶誕夜這種餐飲業特別忙碌的日子，勤勞的実乃梨很有可能會和平常一樣繼續排班打工。

「唉……邀請櫛枝註定失敗，待在家裡又很無聊。問題是如果出門，路上全都是黏在一起的甜蜜情侶……乾脆租DVD去妳家看好了？」

「你說什麼啊！你這大色——」

唉呀，不行不行，要當好孩子才可以……大河閉上原本要罵人的嘴，輕揉自己的眉心，打造出專為耶誕老人準備的穩重表情：

「……我說性慾旺盛的竜兒，你在說什麼傻話？這樣怎麼行呢？你當然要邀請小実啊！別擔心，有我在。我是戀愛天使轉生的天使大河大人。」

耶！還比出勝利的V字手勢。竜兒忍不住直言：

「好噁心。」

大河依舊平靜地合掌說道：

「不管你說什麼，現在的我就好像寬宏大量的活佛。」

「幹嘛學川嶋的變臉術！再說什麼活佛啊？妳不是天使嗎？」

「對——天使天使。天使大河已經下定決定為大家的快樂耶誕盡力付出，就算有什麼犧牲也在所不惜。」

「是是是，在所不惜，我記住妳的話了。可不是我叫妳當的。」

「隨你怎麼使喚都可以！可是要記得有所計畫！總之你一定要在耶誕夜約出小実！因為天使大河我會全力幫你策畫！嘿嘿～耶誕老人看見我的善良決心了嗎～～！」

「……」

大河的眼睛在燈飾照映下閃閃發光。面對幹勁十足的大河，竜兒已經無力吐嘈。老實說，竜兒根本無法理解大河為什麼只是因為耶誕節即將來臨，就會興奮成這樣。他實在搞不懂大河居然讓成功率原本就很低的任務更添難度，究竟有什麼打算？竜兒說不出口，但是看來充滿幹勁的大河已經所向無敵。

「竜兒，加油！耶誕節耶！希望大家都能開心……！所以我一定要當個『好孩子』！」

大河搖曳長髮仰望燈海，眼睛閃閃發光，原本的決心似乎更加堅定，但是帶來危險的可能性也愈發增加。

「……我才不要由妳策畫。別亂搞，我是說真的。」

「為什麼！」

竜兒終於開口：

「因為絕對不可能成功！耶誕夜約她出來，不正等於告訴她我喜歡她嗎？辦不到！太難了！很明顯有問題！怎麼可能假裝若無其事！」

「我的意思、那個、不是要你……假裝若無其事。」

天使大河自以為是地抬頭挺胸，揚起眉毛，雪白手指直指竜兒的鼻尖。喔喔！危險——要不是此刻的大河是天使，八成會把手指插進竜兒的鼻孔、直衝腦門。

「讓她知道有什麼關係？對了，乾脆趁這個機會告白吧？難得的耶誕節，當然要傳達最想說出的心意！竜兒！坦白一點！你的背後有我和耶誕老人！」

「告告告……告……！笨蛋，怎麼可能告白！不管妳是天使、佛祖還是耶誕老人在背後看著，辦不到的事就是辦不到！」

竜兒拚命搖頭，腦門彷彿快要噴出鮮血。他也想傳達心意啊！也想乾脆說出喜歡她啊！也希望在屬於戀人的耶誕夜，讓長久以來的單戀修成正果啊！

可是竜兒太過笨拙、小心翼翼又負面思考，害怕單方面的喜歡會讓実乃梨感到困擾，切斷過去築起的脆弱緣分。竜兒只想得到這些不好的事，怎樣也無法告訴自己，告白之後會有美好的未來正在等著他。所以他才會認為維持現狀比較好。

沒問題沒問題沒問題，別擔心，交給我就搞定了——低聲唸唸有詞的大河彷彿是在唱歌，邁開步伐走在前頭。在忙碌雜沓的往來行人之中，突然轉過身來，不曉得突然想到什麼，把咬了一口的壁櫥除溼劑……不對，是甜甜圈舉到頭頂：

「嘿嘿嘿，怎樣怎樣？看起來像不像天使？」

「不像，而且碎屑都掉到頭上了。」

「騙人？唔哇哇……幫我拍掉、幫我拍掉！」

竜兒嘆了口氣，幫蠢到令人可悲的大河拍拍頭頂，香甜的細小碎屑紛紛落到大河的鼻尖與長髮上。這傢伙真的太蠢了。

唉——不過，該怎麼說？姑且不論什麼策畫，大河一年願意當一次「好孩子」也不差。

竜兒低頭看著大河揮舞小手拍掉臉上的甜甜圈碎屑，忍不住露出微笑。

希望能夠開心度過耶誕節，也許是全人類的心願吧？

＊＊＊

「啊！來了！老虎同學！」

「掌中老虎回來了——！」

「老虎同學！您辛苦了！」

「唔喔喔喔喔喔喔喔！」粗啞的吼叫聲與騷動的腳步聲一同響起。竜兒忍不住縮起身體，快速閃避走廊角落。他的動作真有先見之明。

闊別學校兩個星期的大河遭到包圍——右邊是臭男生、左邊是臭男生、前面是臭男生、

後面也是臭男生——男生、男生、男生男生男生……清一色由臭男生組成的「掌中老虎後援會」，別名「格鬥技狂熱分子」。這群人以熱情的眼神看著逢坂大河擁有的壓倒性力量、天生的格鬥細胞，以及不留情面的嗜虐氣息。這個團體早就存在，只是人數日漸增多，特別是大河在校慶活動上的職業摔角秀與校花選拔的表現，支持者更是暴增。等到眾人注意時，已經成長為一個為數眾多的變態軍團。

「高須同學閃開！我們有事情要問老虎同學！」

「喔！」

竜兒被推到牆邊。大河一走進學校，立刻遭到數十名臭男生團團圍住，捲入氣氛熱烈、無視隆冬寒意的狂熱漩渦。

「老虎同學！我們無論如何都想知道！老大VS掌中老虎的夢幻對決，最後是由老虎同學獲勝吧？」

「聽說老虎同學得知老大要留學，第一次也是最後一次找她做個了斷，沒錯吧？唔喔喔，真是令人熱血沸騰的開頭！」

「我們深信是老虎同學取得勝利——！」

怎麼會這樣？被擠出狂熱漩渦的竜兒總算明白，在不知實情的學生之間，兩週前的惡夢對決已經徹底變調。事實上兩人還沒分出勝負，老大就去留學了，大河則是停學——可是那

根本不是單純的打架。

「給我閉嘴！」

發出怒吼的大河舉起一隻手制止全場騷動，她的姿態彷彿過於耀眼的神，大家紛紛閉上嘴巴、瞇起眼睛、滿懷敬意地仰望大河。竜兒不禁倒吸一口氣——平常遇到這種事，大河不是簡單「哼！」或「吼！」的一聲，然後狠踹、猛踩、吐口水，最後以無視所有人作為結尾。但是今天的大河——

「那天的對決……無比慘烈！發生了很多事，真的很不得了！」

大河反而十分有幹勁，作勢雙手抱胸，閉起眼睛回想當時的情形。

聽到大河開口的臭男生，嚥了下一口口水，全部豎起耳朵認真聆聽。威風凜凜站在眾男生中央的大河睜開眼睛：

「可——是！」

站在原地的男生騷動不已。竜兒終於了解，原來這也是耶誕特別版「乖孩子」天使大河的一部分。乖孩子大河有鑒於耶誕節即將來臨，打算讓這群討厭的支持者共享快樂。

「你們也知道！最後站在擂台上的才是贏家！也就是說！在下才是真正的贏家啦——！」

幹嘛用可羅（註：日本漫畫家藤子・F・不二雄漫畫《奇天烈大百科》裡的機器人）的語氣說話啊！竜兒一個人在旁邊吐嘈。不過其他人卻是熱淚盈眶，並且拉響準備好的拉砲、拋出彩

帶。「唔喔喔喔喔喔喔——！」「終於出現了，勝利宣言——！」「我們的老虎同學是NO.1！」隨著歡呼聲與掌聲，這群人自然而然唱起「WE ARE THE CHAMPION……」然後在走廊兩側排成一列，面對面握住雙手高舉，打造通往教室的隧道，在狂熱的老虎歡呼聲中歡送大河進教室。天使大河從容不迫地點頭，伴隨瘋狂的歡呼聲通過隧道。「今後也要拜託妳了！」「老虎同學最強！」即使被這些男生拍打肩膀與背，大河仍然不改嘴邊有如薔薇花瓣的愉快笑容。「請給我一巴掌！」偶爾有人探出頭如此要求，大河也會照辦，給對方狠狠一擊。眾人的歡呼更加激動。

這是怎麼一回事……竜兒拚命退開，可是「高須同學也上啊！」背後不知道是誰把他推進隧道。無路可退的竜兒只好雙手搭著大河肩膀往前走，兩人彷彿正要踏上擂台的選手與經紀人，在老虎歡呼與低沉的合唱聲前進。只不過這樣其實也挺有趣的——才怪！我才不想被牽扯進來！

「我、我說……這樣真的好嗎？」

「啊哈哈哈哈！太好了！有這麼多支持者等我回來！幸好我沒有一時衝動休學！」

「老虎同學！也給我來一掌！」

「沒問題！」

啪！又是犀利的一巴掌。挨打的傢伙摸著紅腫的臉頰，倒在地上還是掛著一臉幸福至極的表情。竜兒心想，現在不是讓這群瘋狂支持者熱情包圍的時候了。

「我們還有更重要的事……妳沒忘記吧？快點甩開這些傢伙進教室！」

「啊——是是是，我知道了。」

大河與竜兒好像兩節連在一起的火車，加快速度穿過悶熱又充滿男人味的隧道，將眾人的掌聲拋諸腦後，往2年C班前進。

兩人在意的是同一件事。

実乃梨今天沒有出現在平常等待大河的地方。今天明明是值得紀念的大河復學日，雖然他們兩人差一點就遲到，可是実乃梨連「我先去學校囉」的簡訊都沒有，完全不見人影。這還是第一次發生這種情況，他們不禁感到擔心，該不會是実乃梨身體不舒服，沒來上學吧？

「緊繃～～的腿……」

擔心的竜兒打開門的瞬間，一陣高亢的嗓聲立刻響起。

「顫抖的肌腱～～」

「這、這是怎麼回事？」

嘴巴叼著草的櫛枝実乃梨，正坐在某人的桌上。

臉頰因為寒風而發紅，制服外面套著深藍色的排釦短大衣，脖子批著蘇格蘭格子圍巾，似乎剛到學校。她以閹人男高音的聲音唱著歌，眼裡倒映太古時代的森林。這是……竜兒不

由得說不出話來，不過身邊的大河沒有因為眼前詭異的狀況感到訝異：

「小実！我回學校了！妳不用再唱那種怪歌了！」

大河輕鬆一躍，跳到実乃梨身上。失去平衡的実乃梨差點從桌子上摔下來，幸好在千鈞一髮之際總算撐住。

「唔咕！解放我吧！我是人類！」

「小実小実小実小実——！」

「活下去！妳也是人類！」

「人家最喜歡小実了——！噗——！」

「啊啊，真是爭不過妳……小実也最喜歡妳了——！」

実乃梨雖然腳步蹣跚，仍舊緊緊抱住撒嬌的大河，鼻子頂著大河的髮旋，伸手來回撥亂她的頭髮。現在大河身穿灰色的刷毛連帽短外套，配上冬天專用的黑色褲襪（正一〇〇丹寧）。她今天沒搶竜兒的圍巾，而是把自己的長髮塞進外套，讓脖子保持溫暖。

「小実真是的——！人家真的真的真的好想見妳喲～～！」

大河把頭靠向実乃梨的脖子，以快哭出來的聲音和冷冰冰的額頭發動攻擊。只不過一切攻擊全被実乃梨的下巴擋住，在大河的額頭上親了幾下：

「好乖好乖好乖好乖！大河現在的智能是REN等級。唉呀，我說的REN可不是綾波，而

是巨大宇宙牛！哞——！」

「那是什麼？話說回來，小実今天早上怎麼沒有等我？」

「唉呀，其實我今天早上遲到，慌慌張張衝進教室，所以現在腳很痠……我才覺得奇怪，為什麼我遲到了，卻比你們早進教室？」

呃——咳咳！高須竜兒清清喉嚨，隱藏自己緊張的情緒，做好準備！往前一步！準備射擊！三、二、一……發射！

「喔、呃，因為我們被那邊的怪傢伙圍住了。」

「閉嘴，小子！」

秒殺——！

——雖然這只是比喻，不過竜兒還是死了。S—H—O—C—K—幾個字牢牢刻在他的心上，他覺得自己看到極樂世界。總是精力充沛又溫柔的実乃梨竟然用美輪明宏（註：日本知名的同性戀藝人）的聲音，齜牙咧嘴要竜兒閉嘴……被討厭了……竜兒的臉上失去生氣，魂魄也逐漸離開軀體升天。纏著実乃梨的大河目擊眼前的一切，忍不住笑了出來。

這時的実乃梨也亂了手腳：

「喔……喔喔！我剛才說了什麼？該不會……笑點（的選擇）？有誤（似乎）！我——幹——了——什——麼——蠢——事——！慘了（對不起）！（給我）忘掉吧！啊啊啊——

我真是個笨蛋……啊？」

嚇得邊發抖邊唱歌的実乃梨臉部抽搐，可是又突然——

「不對，等等？搞不好這反而是好事？」

実乃梨的表情顯得十分開心，完全不理會竜兒：

「對啊！因為犯了這種錯誤，我必須好好反省不可！對，沒錯，多虧犯了這種錯誤！啊——！怎麼這麼好運！隨身帶著到處跑的心愛商品從此可以正大光明派上用場——！我的運氣真是太棒了——！」

実乃梨沒有關心被她推開的大河，逕自從書包裡拿出禿頭假髮戴起來：

「看！就是這麼好運！唉呀，真是LUCKY！我可以趁機很自然地戴上它！真是幸運到不敢相信啊！」

哭出來了。

実乃梨頭戴禿頭假髮，穿著外套直接趴在地上，書包也甩到一邊。「嗚喔喔喔喔喔，我已經不行了！」突然像個男人般嚎啕大哭。

「小、小実！妳怎麼了？」

「喂，櫛枝！妳先起來，地板很髒的！」

不只是大河與竜兒，四周聽到聲音的同學也好奇地湊過來看熱鬧，不禁議論紛紛：「櫛

枝又發作了……」

「早啊！高須！喔、老虎，好久不見了！櫛枝在幹嘛？」

「喔～～這不是老虎嗎～～！耶～～妳好不好啊？櫛枝又發瘋啦？」

能登與春田也走過來拍拍竜兒的肩膀，低頭看著發狂的実乃梨。

仍然穿著外套的実乃梨趴在冰冷地上，抱頭唸唸有詞：「我真應該剃光頭……」她終於抬起頭來，吸吸鼻子，然後頂著一張哭得亂七八糟的臉自暴自棄地喊道：

「啊——還好我有帶禿頭假髮上學！暫時讓我這個樣子吧！」

這位美少女要在寶貴的高中生活、有限的青春歲月裡戴著禿頭假髮。

竜兒忍不住啞然失聲，不曉得該從哪裡、該如何吐嘈才好。受到影響的大河也支支吾吾說不出話來，最後只能勉強擠出一句：「別鬧了……」

「唉呀呀……該怎麼說……」

実乃梨莫名裝出老太婆的聲音、吸了幾下鼻子、在眉間擠出皺紋、手指在禿頭假髮上畫圈圈。這些動作看在竜兒的眼裡，還是一樣那麼可愛……才怪，應該不算可愛吧……再怎麼說總是希望她把那頂禿頭假髮拿下來。

「其實我在昨天的壘球比賽，犯了令人難以置信、簡直罪該萬死的錯誤，輸給照理來說應該會贏的對手……我實在無顏面對江東父老。」

「唉————」從嘆息的長度就可以窺見她的鬱悶有多沉重。

「所以我非常沮喪，昨天晚上不停胡思亂想，幾乎整晚沒睡……唔，咳咳……愈來愈發不出聲音了……抱歉，今天明明是大河重返學校的大日子……大家一定很想來點活動慶祝一下，我卻拖著這副身體給大家找麻煩……咳咳！咦！咳血了～」

站在急速老化的実乃梨面前，竜兒與大河都無話可說。對了，実乃梨當然沒有咳血。平常的実乃梨一定會為了搞笑準備假血——望著頭戴禿頭假髮、腳步蹣跚走向自己座位的実乃梨，竜兒後悔自己為什麼無法對她說些什麼。

面對如此低潮的実乃梨，自己卻無法對她說些什麼，他立刻後悔自己為什麼會有這種想法——這麼自私的想法？「無法對她說些什麼」——結果這只是遺憾無法對低潮的実乃梨強調自己有多麼溫柔體貼不是嗎？他果然還是只想著自己，比起受傷的実乃梨，難道強調自己會更重要嗎？

即使內心頻頻告訴自己「不對，我是單純想為実乃梨打氣。」事實上只是因為実乃梨心情低落，無法趁亂吐嘈她吧？竜兒不耐煩地想了三秒，終於嘆了一口氣。大河也被「不該趁人之危」的想法束縛而無法行動，結果卻讓自己變成一個無情的人，當喜歡的人陷入低潮時，也不能為對方做些什麼。

這一切都是多慮了。自己和大河兩個大腦構造類似的傢伙終於回過神來——不行不行不行！怎麼可以這樣！

竜兒搔搔頭、揉揉眼睛、挺直身體。管他公平不公平、管他是不是趁人之危，禿頭假髮又怎樣？只有心裡的震撼才是真實。

他走近実乃梨的座位，裝出若無其事的樣子——

「啊……」

「會很悶喔。」

——一鼓作氣拿下実乃梨的禿頭假髮。

不管行動背後是否有自己也沒發覺的想法，他還是想讓実乃梨知道自己對她的擔心。他裝作沒看見「強調優點」、「趁人之危」、「不公平」這些部分。因為竜兒已經經歷太多次「沒看到他人傷痕」的後悔，所以這一次他選擇走近。

実乃梨抬頭仰望竜兒的眼睛，彷彿看見極為耀眼的東西，瞬間眨了幾下。兩人視線總算有所交會——至少他是這麼認為。

竜兒露出僵硬的微笑，掩飾自己的緊張。

実乃梨也把視線從竜兒身上移開，沒有看著竜兒的臉，只是從他手中接過禿頭假髮收進書包。她笑著說道：「嘿嘿嘿，不會悶啦。你沒帶過假髮吧？」之後便閉上嘴巴。竜兒雖然感覺不太對勁，但是也只有一瞬間。

「逢———坂———！」

突然響起的大叫讓他們嚇得差點跳起來。轉頭一看——

「喔喔、逢坂啊——！妳終於又能上學了，恭喜！妳不在的這兩個星期是多麼漫長……我衷心認為每天的生活都是索然無味！」

新任學生會長北村祐作認真地趴在大河腳下。這傢伙是我的朋友？竜兒因為眼前的光景感到幾分暈眩。

大河以僵硬的動作，對著地面慢慢舉起右手：

「啊啊啊啊呀呀北北北北北村同學早早早早早安。」

「早！喔喔，好久沒和逢坂像這樣打招呼了！真是太感動了！」

北村依然趴在地上，抬頭對著大河露出爽朗的笑容。這才注意到竜兒的存在：

「喔、早安啊，高須！」

「……你在幹嘛？」

「早上一來打招呼啊！」

「不是，我是問你為什麼要用那種姿勢說話！」

「因為光是下跪還不夠！光是跪下完全不能表達我心中對逢坂的情感！是吧，逢坂？讓妳遭逢停學這種打亂人生計畫的事，我真的很抱歉——還有，謝謝妳。出了那麼大的糗，我還以為自己在這間學校裡待不下去，可是一切多虧逢坂，我現在才能在這裡，而且順利當上學生會長。」

趴在地上的北村仰望大河，露出沉穩的微笑，溫柔瞇起眼鏡後方的眼睛：

「如果有什麼我幫得上忙的事，還請妳儘管開口，無論什麼事我都會盡力幫忙。今後不論是為了誰或什麼正當的理由，請別再打架了。若有無法接受的事，請務必先和我商量。」

「啊啊……」

大河聞言便暈倒了。

「喂！大河！振作一點！這種小傷不算什麼！」

竜兒連忙接住直挺挺往後倒下的大河，並且輕拍她的臉頰。北村的坦率發言實在太過強烈。「唔、唔……」竜兒看見大河的睫毛微微動了一下。很好，她還活著。

「慢慢吸氣……對……放輕鬆……」

「吸……吐……吸……吐……」

竜兒跪在地上撐住大河，拚命揉著她的肩膀讓她恢復呼吸。就在這個時候——

「……！」

背後的確感覺到視線，而且不只一個人，是好幾個人。竜兒像是打算一個人掌控眾人生命的殺人魔般轉頭，可是——

「……」「……」「……」「……」「……」「……」「……」「……」「……」「……」

只看見無數沉默、無數後腦勺、無數背影。

搞什麼，是我多心了——才不是這樣！竜兒蹙眉思考，這到底是怎麼一回事？

全班一起背對竜兒、大河與北村，這個情況絕不尋常。甚至就連能登和春田都把臉轉開、視線游移不定，沉默不語。

這該不會是……霸・凌……悲慘的詞彙浮現竜兒腦海時，北村卻以樂天的聲音說道：

「因為種種原因，我現在擔任『失戀大明神』！」

咚！大河再次因為過度難懂的現況，從竜兒大腿上滾下去。如果竜兒是第一次聽到這個消息，他也會和大河一樣受到驚嚇，不過他早就知道了——對，北村現在是大明神。因為真是蠢到不行，所以竜兒直到今天都無法對停學的大河說明這件事。正好在這個時候，快要上課的教室響起敲門聲。

「請問……失戀大明神……」

「啊，我在這裡、我在這裡！」

北村俐落地爬起來，對著從窗戶探頭進來的低年級女學生舉手打招呼。大河望著北村走向那名忸忸怩怩的女生，似乎陷入恐慌：

「擔任……大明神……？又不是涼麵上市。話說回來……那個小・女・生！實在太——

沒大沒小了！」

憤怒發抖的大河齜牙咧嘴，眼睛充滿血色殺氣，想要痛宰把北村叫過去的女生。但是她又連忙搖頭自言自語：「啊……！不可以不可以，要當好孩子，好孩子……」然後緊閉嘴唇，不過視線仍然緊盯著那兩人。

幸好這週是「好孩子週」。渾然不知自己撿回一條命的女生在北村面前恭敬地低下頭：

「……我沒辦法鼓起勇氣告白……拜託你了……」於是失戀大明神．北村也開口說道：

「嗯嗯……別擔心，相信就會成真！不要猶豫、去告白吧！」

「可是……我沒有自信……我長得又不漂亮……」

「多想無益！去洗土耳其浴（註：日本小說家北方謙三的名台詞）！」

「土……？咦……？」

「不用深究。」

北村又在女生頭上說些什麼之後，便對著她行禮。對方也在行禮之後離去。「這是什麼……？」偏著頭的大河完全搞不清楚狀況。

是的，在大河停學這段期間裡，學校發生了不少事。

「竜兒，這到底是怎麼回事……」

「其實自從那次『大告白』之後，北村就成了校內的戀愛教祖……應該說想要告白的傢

伙們信仰的對象……」

「喔，是這樣啊！」大河原本很驚訝，可是馬上問道：

「問題他不是失戀嗎？」

說得好，大河的迷你腦袋難得正常運作。

「正因為他失戀，所以才要把不好的運氣全部交給北村。」

「也就是消災解厄。」

能登突然探出頭來補充說明：

「加上前任學生會長風格太強烈，這麼做也算是建立新任學生會長的風格，因此打造出『失戀大明神』的形象。那個女生已經是今天早上第二個，放學之後會更恐怖——學生會辦公室前大排長龍，學生會也跟著起鬨，在入口搞間小廟，好像真的在祭祀什麼神明。」

「喔～～！原來如此，我怎麼都不知道！原來北村這麼厲害～～？」

接著出聲的人是春田。「你到底有沒有在觀察北村啊？」能登冷淡回應。大河無視春田，只是悄悄盯著一臉奇妙表情走回來的失戀大明神。竜兒對著大河的側臉說道：

「要去拜一下嗎……？」

「嗯。」大河輕輕點頭，兩人同時合掌，對著失戀大明神微微鞠躬。心裡當然是想著各自的暗戀對象。

「喔喔，怎麼連你們也在拜，兩位有想告白的對象嗎？」

「喔、被發現了嗎？沒有對象，只是忍不住想拜一下。」

「我也是不由自主……」

「很好！去洗土耳其浴！」

怎麼可能……竜兒垂下視線，大河也輕搓鼻子下方。能登來回看著他們兩人的臉，突然開口說道：

「話說回來，老虎今天似乎比較乖耶……？因為今天是第一天回學校，所以比較節制？」保持距離的能登說得小心謹慎，聽到他的問題，大河「嘿嘿！」對著能登露出笑容：

「啊，你注意到了？是啊，我現在是好孩子。」

「哇喔！」看到大河的可愛大放送，能登嚇得連眼鏡都歪了一邊。

「耶誕節快到了，所以我要當好孩子，因為耶誕老人正在看……唔喔！」可愛的大河突然向前撲去，不僅撞倒桌椅，就連能登等人也被牽連。跌倒在地的大河露出穿著褲襪的屁股。

「呀哈哈哈哈哈哈哈☆妳是笨蛋嗎～～？耶誕老人！居然說耶誕老人！從妳口中說出來，實在是有‧夠‧不‧搭！呀哈哈哈哈哈哈☆！說來回來我們好像很久沒見面了～～！真是超白痴的停學～～！」

——不用看也知道。

用書包攻擊大河的屁股、撥弄滑順長髮大笑的美少女，名為川嶋亞美，是公認的超做作美少女。

走近的亞美擁有模特兒的修長八頭身體型，小臉蛋上完美配置過度工整的五官，不管怎麼看都是閃閃發光、柔嫩滑順，散發寶石般的光芒。然而性格上卻有致命的缺陷——她正是擁有校內最凶、最強生物之名的大河，命中注定的最大敵人。遭到亞美的打屁股攻擊，大河勢必會加以反擊。可是——

「好久不見了，蠢蛋吉……」

「唉呀？」

連同桌子一起摔倒在地的大河只是站起來，對著亞美打聲招呼。要她露出笑容還是太過強人所難，不過大河還是對她揮手。這時從她的袖口飛出一把銳利的刀子！當然沒有。伸出槍管！也不是。指縫射出毒針！別鬧了。她也沒有在芭蕾舞鞋裡面放青蛙，或從頭頂扔下金屬臉盆。

大河始終保持優雅的姿態：

「蠢蛋吉，耶誕節快到了，如果妳繼續當壞蛋吉，耶誕老人就不會去妳家。好孩子的我就稍微讓步，把妳剛才的行為當成打招呼，不放在心上。在耶誕節之前，我們就別吵架了。

我最喜歡耶誕節了，實在不想在這麼美好的時候為了無聊的事吵架。」

「呀啊——！」

亞美因為大河握住她的手而尖叫，反應真是激烈。她用力甩開大河的手，發狂似的大叫並且盯著自己被握住的右手，同時甩個不停。只見她的眼睛睜得老大，眼珠都快掉出來了。

「妳一定有問題！停學時發生什麼事了？詭異詭異詭異詭異，太詭異——！啊，該不會是妳明天就要死了？唉呀、真慘——！」

「怎麼和竜兒說的一樣……為什麼我想當好孩子，大家都認為我生病了？真搞不懂是怎麼回事。純粹是因為耶誕節快到了。我覺得蠢蛋吉最好也要痛改前非，因為耶誕老人已經快要抵達日本上空了……」

「天啊啊啊啊啊——！」

亞美的驚聲尖叫再次震撼整間教室，「喂！」連語氣也變得不再客氣：

「妳說什麼耶誕老人，妳是認真的嗎？噁心噁心噁心，噁心死了——！啊，我知道了！妳想趁這個機會改變形象？哇啊！嚇死人，妳別鬧了！要裝天然或耍純真都沒有妳出場的餘地！人家本來準備下週再告訴大家：『亞美美最愛耶誕節了～～♡嘿嘿嘿，人家到國中還相信有耶誕老人喲～～♡很笨吧～～♡』現在全被妳搞砸了，妳要怎麼賠我？啊——！可惡！太可怕了，妳給我睜開眼睛，傻瓜——！」

很好，亞美美就是假裝純真這一點最棒，偶爾吐出的凶狠真心話也很棒。啊——揮舞鞭子、把我綁緊吊起、摧毀我的人生吧……亞美突然抬起臉，無視糾纏上來的男孩子們，屏住呼吸說道：

「哈……！原來如此，亞美美懂了！」

然後——

「吸毒……」

她忍不住打了一個冷顫：

「沒錯吧，妳吸毒了！吸毒！不會吧～～！嚇死人了～～！一定沒錯！討厭！啊——好糟糕好糟糕！怎麼會這樣～～！」

她似乎對自己的答案很滿意，不停扭動身體、露出溼潤的大眼睛、雙手捧著臉頰——做作女面具，蒸鍍！長年累積的功力果然與大河的「好孩子」模式不同，亞美的臉部變化教人嘆為觀止。

「妳也差不多一點！我怎麼可能吸毒！啊，等等，蠢蛋吉！」

「就是這樣，亞美美要突擊檢查妳的包包♡一定有問題，我看看……」

亞美抓起大河掉在地上的書包，毫不猶豫地拉開拉鍊。如果只是開玩笑，她的做法也太亂來了。

「唉呀，喔喔！」

「啊——！喂——蠢蛋吉妳搞什麼！我要殺了……不能殺不能殺。」

大河書包裡的東西全部掉在地上。騙人！討厭討厭！亞美急忙蹲下收拾掉了滿地的文具用品。看見這副慘狀，竜兒也不得不幫忙：

「妳到底在搞什麼……總之妳很高興吵架的對象大河回來了吧？那就老實說嘛！」

「唉呀，高須同學早・安♡你說什麼噁心話，要我殺・了・你♡嗎？幫我撿那個～～？」

亞美擺出天使笑容指使竜兒去撿牆邊的筆，將書包恢復原狀，還給大河。

「啊、還有這個就放這裡囉。」

最後把大河的學生手冊塞進書包暗袋裡。「真是的——」大河先是碎碎唸個不停，隨即

「啊、不行不行，好孩子好孩子……」勉強自己擠出笑臉，接過亞美遞來的書包。亞美身後的人也輕撫亞美的頭髮：

「唉呀呀，亞美真是溫柔體貼呢……」

苦笑低語的人正是香椎奈奈子，她今天和亞美一起上學。

「咦～～？妳說什麼～～？啊，對了，我帶了上次說過的限量唇蜜來囉。奈奈子不是說過想要試試看？對了對了，麻耶也說過想用用看呢♡走吧走吧。」

「啊、我要用我要用！麻耶——！走囉！」

兩個人對著木原麻耶招手。「咦？櫛枝為什麼有禿頭假髮？超棒的！」「想戴嗎？戴戴看吧？」「妳的鼻音怎麼這麼重？超棒的！」「我剛才在哭。」「為什麼要哭？真的很棒！」——麻耶正在実乃梨的旁邊稱讚個不停。兩人拖著麻耶的手，美少女三人組一起往亞美的位子移動。2年C班公認的三名美少女吵鬧聲，一如往常在上課前的教室裡歡樂迴響。

2

『……然後我問那位助教在哪裡？他說在車站前的咖啡廳，臨時有些必須看的資料，所以會晚點到。問題是我當時正好在那家咖啡廳裡……心裡雖然感到奇怪，還是若無其事地問他，有沒有坐在靠窗的好位子？他回答有，說他正坐在靠窗的好位子上。啊哈哈……問題是我當時正坐在店裡唯一的靠窗位子……』

『喔喔。怎麼突然莫名其妙的撒謊，真是糟糕。』

『這個時候我就胡思亂想，他可能正在和其他女人約會。可是我們沒有正式交往，所以也不好追問……再說，我覺得和他很有可能繼續發展，而且我們的年紀也差不多該結婚了。我想也許是在正式交往之前，要先切斷過去的關係。既然他說會晚一個小時，我繼續待在咖啡廳裡也不太好。

『不想讓對方知道妳識破他的謊言嗎?』

『是啊。我們的關係還不方便發生爭執，於是我選擇在下雨天離開車站大樓，打算逛逛書店和服飾店，消磨這一個小時。那天是非常寒冷的星期六……』

『沒錯，那天真的很冷——但是也沒有下雪，而是下著冰冷的雨。』

『沒錯。因為我的雨傘不大，所以衣服、鞋子全都濕了。就在我一邊想著該怎麼辦一邊走時，突然……看到他了……!』

『喔——!他在哪裡?在做什麼?』

『在打柏青嫂!』

啊啊……

低吟聲響徹2年C班。大口吃著午餐的同學都因為這個奇妙發展不由自主停下動作。

『這個……衝擊很大吧?照理來說應該在咖啡廳看資料的他卻在打柏青嫂，甚至不在乎遲到、不在乎讓約會對象等待。』

『我實在無法接受。就算再怎麼失禮也該有個限度吧?我不想聽任何藉口和謊言，所以選擇在那裡等他出來。』

『沒有衝進去?』

『沒有沒有，好歹我也是大人，怎麼可以做出這種事。我只是站在雨中，可是對方一直不出來，過了一個小時也不出來。我就呆呆站在沒有屋頂的路上，時間已經是晚上八點。又過了三十分鐘，他還是沒出來。不是說只遲到一個小時嗎？也沒打電話給我……更重要的是，原來打柏青嫂比我還重要嗎……？再等下去只是更加不高興，可是我又不甘心就此帶著怨氣打道回府……再加上天氣很冷。我心想，愈冷愈能夠顯得我的可憐，假如他看到我這副可憐兮兮的模樣，多少也會反省一下……』

『嗯～～然後呢？妳沒有打電話或傳簡訊給他嗎？』

『打了，打給女性朋友。跟她說自己和助教有約卻遇到這種慘事，正在馬路上哭。我到底該怎麼辦～～？結果卻得知更加驚人的事實……』

『事情的發展真讓人掌心直冒汗呢！』

『聽說現在已經沒有「助教」……改叫「副教授」……我突然不曉得他到底是誰。』

『……說得也是。基本設定就有問題。』

『在那之後也沒有辦法和他聯絡。話說為什麼會變成這樣，我大概也知道來龍去脈……因為水星倒轉的關係……！』

『喔……水星啊……』

『對，水星！水星倒轉會讓電腦壞掉，導致預定事項延遲！所以如果哪天水星正常運行……啊！聽說是明年初，我想到時候一定能夠再度收到他的聯絡！對吧？對吧！』

『呃……嗯——不過老實說……怎麼不考慮找下一個男人呢？』

『如果有下一個我當然會找！問題不在這裡！不是這樣！總、而、言、之，我只是想發發牢騷！哈呼——！』

『啊、啊、哇啊……換氣過度了……』

『因為啊！他從柏青嫂店出來！看到我之後！既不驚訝也不尷尬，開口的第一句話居然是「妳跟蹤我嗎？沒想到妳是這種人！爛透了！怪不得這把年紀還單身！」……到底在說什麼啊！我才想說你都這把年紀了不但單身還謊報職稱！哈哈……志村……啊啊啊……唔唔唔唔～～喔喔喔喔喔喔……』

『好，結論就是希望水星能夠早日恢復正常運行。那麼今天的訪問到此告一段落，非常感謝。啊、面紙面紙……下午還有課，快把眼淚擦一擦、補個妝吧……呃，廣播暱稱：D身（30）小姐。』

『……是小Y。』

『啊、抱歉，那麼小Y（30），如果還有想商量的事，我們「大明神的失戀餐廳」單元隨時歡迎。學生會就是各位的戀愛啦啦隊。接下來請聽小Y（30）點播的歌曲……』

粉啊啊啊～～～雪耶耶耶耶～～～～～！

「北村何必把班導弄哭……」

當擴音器播出熟悉的冬季情歌時，終於有人說出正義之聲。

北村自從成為失戀大明神之後，學生會就占據了午餐時間的播音室。學生會自製的校內廣播節目從擴音器中流洩而出，名為「你的戀愛啦啦隊」。內容是些不曉得從哪找來的學生，以匿名方式討論戀愛煩惱，或是北村突然談起個人的戀愛故事。今天終於在找不到人的狀況下，成功找來大家熟悉的2年C班導師K窪Y合（30・D身）擔任來賓。節目的痛苦指數日漸提升，處於微妙年紀的年少男女也逐漸成為大人。

「遇到百合，就假裝不知道這件事吧……」

「是啊……」

另一方面。

「竜兒竜兒……這個廣播節目的母帶在哪裡？只要知道詳細位置，我們就可以半夜偷偷把它摸出來，然後把北村同學說話的部分剪接出來……每天晚上睡覺前……嗯呼呼……」

有個傢伙的大眼睛裡閃著慾望，鼻孔因為激烈的喘息而膨脹，同時雙手摟住體溫上升的身體。竜兒在她的對面打開便當——出現了出現了。他不是竊喜於自己開發出「出現了出現了，我的眼睛噴出詛咒毒煙了」這種新能力，而是對眼前的傢伙感到無可奈何。

「妳不是說耶誕節結束之前都要當個『好孩子』嗎？竟然打算偷東西……私慾已經遮蔽

妳的眼睛囉。」

「說得真難聽。」

大河的雙手在胸前合掌，緩緩垂下她的長睫毛：

「一切歸咎起來，我認為你沒告訴我中午有這麼棒的校內廣播、也不幫我錄音，全部都是你不好。」

「如果告訴妳，妳就會想聽啊。在教室錄這種東西也太蠢了。在妳停學時讓妳知道有這種廣播，豈不是太可憐了？我這可是體貼的行為。」

「我不管我不管！竜兒根本不了解自己的體貼方式完全錯誤，竟然還敢沾沾自喜。自以為是的傢伙，你的個性就好像在蛞蝓身上撒滿砂糖，盯著牠的水分被吸乾直到日落，還一邊說『真是美好的一天啊——！』的老頭子。連長相也完全錯誤，根本就是狗性子完全暴露的黑道！不過現在的我並不會責備這樣的你，既不痛扁你也不丟你東西、不勒斃你或是落井下石，更不會罵你沒用。我很乖吧？這副好孩子的模樣如何？嘿嘿！」

「已經很夠了，別再說了！」

難過的竜兒不禁弄掉手上的筷子。我的個性是在蛞蝓身上撒砂糖……！啊——大河無視竜兒的反應，輕聲嘆息吹動自己的瀏海：

「不過真的很可惜。要動手偷……實在太過分了，可是我真的很想拿到停學期間錯過的

北村同學美聲，然後拚命剪接、拚命操作，做成我想要的內容，接著再用我的兩隻耳朵，收聽只屬於我的北村同學……」

就在此時，有人拍拍大河的肩膀：

「老虎，方便的話就收下這個吧？」

大河還以為是自己難為情的發言被人聽到，嚇得跳起來轉過頭。竜兒也相當驚訝——沒想到找大河說話的人，是平常不太熟的女同學們。她們遞了一張光碟給大河：

「我是播音股長，丸尾拜託我錄下每天中午的廣播。這個是到昨天中午為止的內容，如果方便就收下吧。」

竜兒與大河不禁面面相覷，思考甚至為之停止。

「咦？為、為……咦？為、為什麼……？」

大河總算擠出這個疑問。但是對方的回答很簡潔：

「因為剛才偶然聽到妳說想聽廣播節目，而我手上剛好有備份的光碟。」

「嗯，沒錯沒錯。今天的節目我們也有錄下來，也預定把今後的節目都錄下來。所以如果妳要，我們可以複製一份給妳。節目很有趣吧？還滿好笑的。」

她把那張光碟塞進大河遲疑顫抖的手中。大河的臉頰泛紅，連忙踹開椅子站起來：

「呃，那個、那個……」

大河轉頭向竜兒求救，竜兒用手勢催她快說。

「謝──謝謝……！」

不自然地扭曲身體的大河雖然害羞，還是低聲道謝。女同學笑著揮手說道：

「不用客氣，就當是慶祝妳回來吧。」

「對啊對啊。老虎不在學校就變得好無聊，能夠回來真的太好了。」

她們又回到便當所在的座位。大河就這樣僵在原地好一會兒，突然點頭做了什麼決定，從抽屜拿出點心盒追上那些女同學，對著她們遞出盒子：

「嗯！」

「啊──謝謝！這個很好吃耶！」

「我也很喜歡這個！我拿一個囉──」

興奮的大河回到竜兒的位子，「嗯──！」一聲撲到桌上。手捧光碟的她雙眼瞇成一條線，不只滿臉通紅，就連脖子都染上櫻花色：

「你、你看到了嗎？這麼好運不要緊嗎？實在太開心了！」

大河低聲尖叫，拚命踩踏竜兒桌子底下的腳。不過這不是攻擊，而是類似太開心的貓用鼻子磨蹭飼主之類的行為。竜兒也回以苦笑：

「運氣真的很好。沒想到女生還滿照顧妳的，該不會是失戀大明神帶來的好運吧？這下

子不需要用偷的了。」

「嗯！」

大河大口吃下滿是小番茄的萵苣炒飯，竜兒也在她對面大口吃著相同的便當。今天的味道當然也很棒。番茄的酸味搭上爽脆的萵苣，還有一人一個的雞蛋，調味關鍵是干貝罐頭。配菜有榨菜青椒炒雞胸肉、小黃瓜與海帶芽淋上特製芝麻醬的沙拉。除此之外還有飯後甜點的橘子果凍。今天的便當有點豪華，畢竟是大河第一天回學校，竜兒也較平常更有幹勁。

可惜是難得的午餐時間，実乃梨卻因為社團活動不在教室裡。

「太好了、太好了、太好了！嘿嘿嘿！」

雀躍吃著炒飯的大河打心底感到高興，甚至瞇起眼睛。姑且看看那張臉打發無聊時光吧。就在這個時候——

「終於買到麵包了！福利社有夠擠的。」

「北村今天也去廣播了？這首歌是怎麼回事？會不會太老了點～」

「不准說那種話，這可是班導點播的歌曲。」

「哇——聽起來真悲慘！」

麵包兩人組能登與春田拉著椅子來到竜兒的座位附近。兩張桌子坐著三個臭男生顯得有點擁擠，雖然每個人只能用到桌子的一角，不過依然是快樂的午餐時間。『粉啊啊啊～～～

雪耶耶耶耶～～～～～！』終於播放完畢，擴音器再度傳出北村有些裝模作樣的聲音。

『好的，今天的最高溫八度，最低溫三度，季節已經進入寒冬。風很冷，空氣也很乾燥……讓人想到討人厭的流行性感冒，還有不小心引發的火災……』

吵死了——能登邊咬麵包邊吐嘈。啊哈哈！竜兒與春田在一旁發笑。大河拚命豎起耳朵，像隻烏龜般伸長脖子，仔細聆聽北村的聲音。

『說到討厭的東西，差不多也快期末考了，各位開始準備了嗎？告訴大家，我這個失戀大明神準備要認真念書了，不過……啊哈！念書計畫始終無法順利進行。』

「他在說什麼啊～～！」

春田好像生氣了。

「這個節目怎麼這麼悶——！為什麼突然提到考試念書的話題？節目名稱不是『戀愛啦啦隊』嗎！」

「你稍微冷靜一點。幹嘛突然說些有的沒的？聽不到北村大師珍貴的廣播節目了！對吧，老虎？還可以嗎？聽得見嗎？」

能登轉頭看向大河，大河則是蹙眉點點頭。大河和能登的關係似乎不錯，簡直好像普通朋友。能登這個渾蛋，趁大河現在是耶誕節模式就……不行，不可以這樣想，這是應該要微笑的場合。竜兒的雙眼閃耀狂亂光芒，可是春田仍然繼續搖頭。剛才還在笑的他用力咬下炒

麵麵包，搖晃看了就煩的長髮說道：

「我才不想聽念書的事！能登也是吧？小高高也是吧？老虎～也是吧？我最討厭念書了！你們可能會覺得很驚訝，不過書這種東西，我可是一秒鐘都念不下去！」

「喂！你嘴裡的青海苔噴到我桌上了……抗、抗菌紙巾……」

「現在不是擦青海苔的時候啊，小高高！別擦了。唉喲！話說回來，為什麼是老虎？」

春田的憤怒矛頭突然轉向大河。若是換成平常，春田早就已經走到死刑台，兩秒後死亡、五秒後升天、十秒後輪迴轉世、哇哇大哭降臨新世界了。可是耶誕節前夕的大河只是抬頭看著蠢蛋長毛男，有點不耐煩地回了一句：

「我怎麼了……」

竜兒心想，全世界最該感謝耶誕老人的人，絕對是春田。這位得意忘形的蠢蛋還伸手朝著大河一指，露出沾滿青海苔的牙齒：

「剛才買麵包時被教務主任叫住。他叫我『那邊的笨蛋！』而且很生氣地對我說，我是全學年最有可能留級的男生，叫我好好準備考試。所以我就回他：『老虎還被停學耶！她比我糟糕吧～～！』結果主任又罵我：『你比她糟糕多了，蠢蛋！你是蠢蛋之王！』唔～～！啊哈哈哈哈哈！不覺得聽來很讚嗎？我是蠢蛋之王耶！」

啊～～哈哈哈哈哈～～！春田一個人狂笑不已。竜兒以眼神詢問能登「他說的是真是假？」

能登靜靜點頭回應。大河無言望著春田大王，不曉得在想什麼。最後終於緩緩開口：

「請保佑這個笨蛋也有幸福的耶誕節……」

大河雙手握起，對著上天祈求。神聖的祈禱聲中突然響起尖銳的聲音——不是天使吹著喇叭的聲音，也不是搞笑藝人林家帕子的笑聲，而是春田超音波。

「老虎是怎麼了～～！沒想到妳也有這麼溫柔的時候～～！啊～～真是的，不曉得怎麼回事，不過我現在有點勃——」

啪！能登意外強勁的手刀瞬間襲向春田的脖子。春田順勢摔下椅子、無力地垂下頭。很好，能登點點頭，拿起春田手上的炒麵麵包擺在桌上。

ＧＯＯＤ——兩名男生互相豎起大拇指。大河不明所以地望著嘴邊沾著飯粒、失去意識的春田。接著又看向能登問道：

「剛才是怎麼回事？這傢伙打算說什麼？」

「別放在心上，女孩子別在意！對了，真的差不多該準備期末考了。大家一起去家庭餐廳念書吧？特別是春田，不強迫他念書真的會留級。還有我想拷貝高須的『那個』，可以嗎？就是那個，老大筆記。」

「啊——喔，當然好。那東西真是太棒了，大家一起好好利用吧……不過不能只問我，也得問過櫛枝才行。」

老大筆記。

那是秋末舉辦校慶活動時，竜兒與実乃梨共同獲得的福男競賽優勝獎品，是前任學生會長留下的全科筆記。雖然由竜兒代為保管，不過正確說來那是他與実乃梨共同擁有。他們本來不是為了筆記出賽，可是一拿到筆記打開之後，兩人便驚訝不已。不光是上課以及教科書的內容，連更難的內容都用相當易懂的方式歸納整理得清清楚楚，比市面上賣的參考書還要仔細。竜兒看到筆記就明白北村過去喜歡的天才老大，是個擁有上天給予的才能，依然每天努力不懈的代表人物。

「謝啦！」聽到竜兒的爽快回答，能登也搖晃好友的肩膀：「太好了。春田，你說是吧！」春田還沒恢復意識，派不上用場的長手臂晃來晃去拍打大腿。能登又回頭說道：

「幸好老虎在期末考之前回來。下星期就要考試了，老虎當然也要一起念書吧？有了，也找北村一起、大家一起念好不好？就從今天晚上開始？」

「……！」

聽到能登的話，眼睛閃閃發光的大河抬頭看向竜兒，像是要表達心中想法——「聽到他剛才說的話嗎？」「聽到了，能登說要找北村一起念書。」勉強掩飾滿心喜悅的大河眼神閃爍，只是鼓著桃色臉頰壓抑笑容，低聲說道：「都都都都可以。」於是能登也微笑點頭：

「啊，對了，也找小実一起吧？那些筆記也是小実的東西嘛！好不好啊，竜兒？」

嚕嚕♪大河興奮到甚至要哼起歌來，並且以「你一定贊成吧！」的模樣湊近竜兒的臉。如果現場沒有其他人，竜兒真想為天使大河努力不懈的支援行動致敬……可是似乎感覺有哪裡不太對勁，他不禁盯著能登的側臉。

「嗯？高須，怎麼了？」

「沒事……」

「咦，仔細看高須的長相，好像我家撲克牌裡的鬼牌……」

「喔……偶爾也有人這麼說。」

至於能登則是長得像水獺——現在不是說這種話的時候，今天的能登果然有問題。大河的確是耶誕節限定的好孩子模式、的確剛回到學校，好一陣子沒見了，可是能登會不會對大河太直接了？突然找她一起念書……不、不僅如此，還有更多決定性的改變。沒錯，能登不曉得為什麼從剛才開始——

「啊，小——実！這邊！慢死了！我們已經吃完囉！」

「！」

忍不住跳起來。

竜兒的意識瞬間飛散，四散的碎片受到一位少女的吸引，總算恢復人形。剛才建構的思考全部消失，重新組合成一名為愛存在的笨男人。

「抱歉抱歉，會議拖太久了！」

面帶笑容對著大河，腳下踩著雀躍的步伐，実乃梨以獨一無二的鮮明色彩與發光輪廓，出現在司空見慣的景色中。她的姿態、她的聲音、她的香氣，以驚人之勢攫獲竜兒的心。竜兒低下頭假裝解決剩下的便當，轉開視線好像沒注意到実乃梨出現，還一口氣喝光烏龍茶，把想說的話硬吞下去。

「小実吃了嗎？」

「我吃過麵包了！」

「那一起來吃點心吧！」

「好啊！」

大河揮揮點心盒，微笑的実乃梨也移動腳步——

「小実，我們正好在說今天晚上……小実，妳為什麼愈走愈遠？」

「非也非也，在下只是沒辦法收好胯下的大傢伙是也，並非走遠。」

她正以意外拿手的月球漫步一步步後退。「啊，竟然開這種低級玩笑！櫛枝真沒水準！」能登發出噓聲。竜兒的臉像是中毒的妖魔鬼怪，雙眼發出可怕的閃電，隱藏男人威力的拳頭喀噠喀噠顫抖，乾澀嘴唇發出像是要將仇人殺光的低語：「而且還模仿西鄉隆盛（註：日本明治時代的維新志士。一口鹿兒島腔是他的特色）。」不過心中卻是開心地大喊：「ＹＥＳ！好久沒

有若無其事地吐嘈了。」可是実乃梨──

「非也非也，是也是也是也。」

嘿嘿傻笑的她繼續用月球漫步後退，以流暢到不像胯下夾了什麼東西的動作漸行漸遠。就算撞到人而被抱怨、屁股碰到誰的桌子，実乃梨依然沒有停下腳步。「妳打算去哪裡？」正當大河、能登、竜兒三人打算一起吐嘈之際──

『不過在痛苦的考試之後，就是各位期待已久的耶誕節囉！』

北村透過擴音器傳出的聲音，多了耶誕歌曲的背景音樂。竜兒看到大河臉上露出微笑，愉快的表情寫著：最喜歡的北村開始說起最喜歡的耶誕節！

『學生會有事向各位報告：期末考結束之後的二十四日耶誕夜當天，就是這學期的結業典禮。我們邀請各位一起參加典禮過後在體育館舉辦的耶誕派對！』

就在這一秒──

原本嘈雜的午休教室頓時安靜。大河張著嘴巴，恢復意識的春田也睜開眼睛。這真是……真是！竜兒也屏住呼吸，忍不住和大河交換視線。

『當然歡迎情侶參加。正在戀愛路上迷惘的你、無法鼓起勇氣邀請對方的你，要不要趁著浪漫的耶誕夜，試著邀請心儀的對象？我們也希望各位加入籌備委員會，也請各位踴躍捐款。學生會，就是你的戀愛啦啦隊！』

呀啊啊啊～～！現場突然出現兩名少女。

就是這個！我們要的就是這個！就是這個企畫！竜兒與大河忘我到說不出話來，只能不停尖叫擊掌，幾乎快要抱在一起。

這下子竜兒終於可以藉由大家一起參加的理由，順理成章邀請実乃梨一起參加學校活動，後面就看兩人順其自然的發展……不，光是耶誕夜能夠和実乃梨一起開心度過，竜兒就十分滿足了。大河也不用煩惱公不公平的問題，只要參加派對就能夠見到北村。或許無法兩人獨處，但是至少能和北村一起度過。

同樣變成尖叫少女的人，並非只有竜兒和大河。「反正耶誕夜沒有什麼預定～～！」「好像很好玩！」「如果可以不穿制服就好了～～！」「人家想穿可愛的連身洋裝～～！」等各種意見四起，班上同學已經開始紛紛表明參加意願。原本就熱愛各種活動的2年C班同學，加上主辦人是2年C班的失戀大明神，這下子怎麼可能不熱鬧？

這真是絕佳的好氣氛……竜兒左右移動爬蟲類一般的視線。不是因為祖先殺害蛇類遭到詛咒，純粹只是興奮不已。大家一起熱熱鬧鬧在耶誕夜開場浪漫派對……如此一來搞不好、搞不好真的可以對実乃梨告白！假如、假如真的辦得到，実乃梨又會如何回應？竜兒緊張地來回舔著乾裂的嘴唇，壓抑亢奮的心情，正想悄悄回望実乃梨時——

「對了，老虎去擔任籌備委員吧？」

「對對對，剛才妳不是說最喜歡耶誕節嗎？」

「再適合也不過了！非妳莫屬！」

四周開始出現意想不到的意見。能登也笑著對大河說聲：「籌備委員就是妳了！」

大河紅著臉，在眾人的意見聲中戰戰兢兢起身：

「如如如如果大家都推薦我，我我我我當然要當！呼哈哈哈哈！」

發出掩飾難為情的笑聲之後，她回頭以了不起的模樣「哼！」了一聲：

「你也要當！砂糖蛞蝓狗！」

雖然用手指著竜兒，臉上的表情卻是十分陶醉。可以和北村一起準備耶誕派對，而且是因為班上同學推薦、沒辦法拒絕，根本就是水到渠成的發展——此刻大河的慾望已經快要具體成形，理所當然會露出陶醉的表情。興奮不已的大河接著指向実乃梨：

「小実也要當！一起當！一起當！」

呀啊～～竜兒又一次陷入歡喜漩渦。大河真是無與倫比的好孩子！根本就是戀愛天使假扮的名製作人！是頭上浮著甜甜圈的耶誕節之子！竜兒猛然抬起可怕的表情，回頭看向実乃梨。我們一起當！一起！一起！可是——

「抱歉，這回就讓小実ＰＡＳＳ。」

「咦！為什麼？」

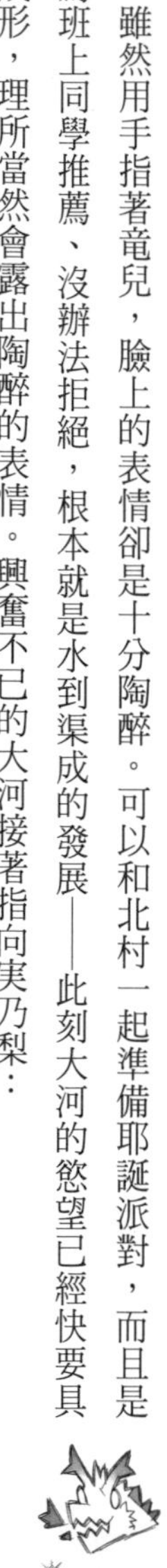

大河的聲音與竜兒心底的聲音同時響起。「非也非也是也是也——」退後的実乃梨緊閉嘴唇搖頭：

「我沒有心情參加耶誕派對。現在不是興高采烈的時候……上次比賽之後，讓我有了更多更多的責任感。要是在此時我還跟著大家一起玩鬧，就真的沒資格指導社員了。過完年之後又有比賽，我還得練習才行。真的很抱歉，不過大河可要好好大玩特玩喔。」

天啊！也就是說她不光是拒絕擔任籌備委員，也不會參加派對了。竜兒因為過度震驚而發不出聲音，部分原因是由於自己剛才太過亢奮，因此受不了突如其來的落差。他的世界瞬間失去色彩。就在此時……

「喔！」

「嘿嘿嘿♡既然這樣，就由我來代替実乃梨擔任委員吧～～？」

亞美「咚！」用力拍打竜兒的背，還小聲補上一句：「你幹嘛那副表情啊？」

大河的臉蛋瞬間扭曲：

「噁！蠢蛋吉要當委員？不要！討厭！別過來！拒絕毛髮濃密的傢伙——！消失消失！身為毛球就該像個毛球，回到森林裡的住處去！」

「唉呀～～？小老虎說這種話不要緊嗎？不是打算在耶誕節結束前都要當個好孩子～～？不是說最喜歡的耶誕老人正在看～～？」

「唔……！」

眼睛看向大河的亞美用食指抵著潤澤的唇蜜嘴唇，漂亮地一句話就讓大河閉嘴。「嗯呵♡」接著露出有如花朵盛開的甜美笑容，用耀眼眩目的大眼睛望著同班同學的臉，似乎打算全力吸引在場眾人的目光。不公平到極點的美麗瞬間掌握班上氣氛：

「各位很期待派對吧！我可是一定會參加！可以在學校和大家一起舉行耶誕派對，祐作的點子真棒！人家最～～喜歡這種活動了～～！只要有2年C班的力量，絕對會辦得熱熱鬧鬧的！對吧，各位！」

耶——！某位仁兄放聲大叫，掌聲也自然湧現。「我絕對絕對要參加——！」「我也來當籌備委員好了——！」「竟然能夠和亞美共度耶誕夜！」「現在是人生最棒的一刻！」班上有些男生甚至含淚哽咽。女生雖然嘲笑他們，但是眼裡也閃著開心的光芒。

這些傢伙真好騙——竜兒茫然仰望亞美。亞美的笑容更加煽動班上的狂熱氣氛，她抱著大河說：「一起舉辦派對吧～～♡」甚至親吻大河的臉。「唔嗯——！」大河閃避親吻，同時又因為自己搞出來的「好孩子束縛」所以無法認真拒絕。

「唉呀～～？妳的眼神是什麼意思？這麼不想和我一起嗎？」

亞美注意到竜兒的視線，稍微挑起單邊眉毛，大眼睛發出快樂的光芒。她環視一下自顧自地興奮激動的同學，又湊近竜兒低聲說出壞心眼的話語：

「這樣啊，高須同學不想和我，而是想和某個人一起啊～」

聽到亞美這番耳語，竜兒當然不甘示弱，同樣小聲在她耳邊詛咒：

「笨——蛋笨——蛋笨——蛋笨——蛋笨——蛋！」

竜兒想到的字眼雖然簡單，但已經是他對亞美能做的最大反擊。「哇啊！」亞美按著耳朵逃開。竟然有意想不到的效果——似乎搔到耳朵的癢處。贏了！竜兒不禁冷笑。

「嘿，活該——」

「程度真差……！」

竜兒知道亞美正在惡狠狠地瞪著他，所以更用力嘲笑亞美。

「嘖！因為老虎莫名乖巧就得意忘形！話先說在前頭，高須同學，你還是對我親切一點比較好喔。」

「為什麼？」

「唉呀～～？你還不懂嗎？這類活動根本就是亞美美的掌中之物，無論是要熱鬧要冷清，全部都看亞美美的表現。只要亞美美稍微推波助瀾一下，那位沒精神的某人當然有可能被煽動而參加……」

竜兒皺起眉頭，亞美的嘴唇浮現微笑。她的笑容究竟有什麼含意？還有亞美的意圖到底是什麼？

唯一可以確定的是亞美說得沒錯。活動、派對、熱鬧的企畫……全是亞美擅長的領域。天底下最黑心的川嶋亞美，當然不可能出力協助竜兒的單戀順利進展，可是——甜美的聲音小聲說道：

「高須同學，你也希望派對成功吧？我可是很希望成功喔～不只是老虎，其實我也很喜歡耶誕節。既然沒有能夠一起共度的男朋友、也沒工作、回家父母又很忙，我當然希望在學校和大家一起熱鬧參加開心的派對……我可是認真的。」

微笑的亞美撥開頭髮，深不可測的濕潤雙眼閃閃發光：

「所、以、囉。我們一起加油吧？有幹勁了吧？」

竜兒以亞美為之驚訝的氣勢抬起頭——「好！」點頭的他答案當然是ＹＥＳ！ＹＥＳ、ＹＥＳ、ＹＥＳ！終於來勁了。

沒錯，現在不是裝死的時候，也不是探查亞美真正意圖的時候，該做的事情只有一件，就是採取行動。戰爭已經開始，為了実乃梨與自己的快樂耶誕！

「好！加油！我們一起努力吧，川嶋！」

「啊哈♡總——算有幹勁了♡」

在興奮的歡呼聲中，竜兒與亞美意氣相投地擊掌。「啊——！不准和亞美這麼親熱！」「不行，非得盡快解決高須。」……竜兒感覺得到四面八方傳來的怨恨視線，不過現在沒空在

意那些，他心裡想的只有一件事——想辦法激勵実乃梨的心！在一年一度的特別日子、在陷入愛河的傢伙燃燒熱情戰鬥的日子，我要點燃実乃梨的心！

実乃梨的眼神既平靜又冰冷。她仰望被歡呼的同學包圍的亞美，沒有表情地站在原地。

亞美見狀也露出更加豔麗的微笑，慢慢開口說道：

「咦～～？怎麼了，実乃梨？妳還是很想參加吧？隨時歡迎喔？」

「我剛才不是說過沒空嗎？」

実乃梨說完之後便轉開視線。竜兒看到亞美當時的側臉，心裡雖然感到不可思議，可是他沒有多問，只是定睛注視。

亞美靜靜看著実乃梨轉開視線的臉，似乎在等待実乃梨開口。

當天就有數十名各年級的男女報名參加籌備委員會。不光是愛好活動、支持耶誕派對企畫的人報名參加，其他班在聽說川嶋亞美參加之後，報名的人數立刻暴增不少。

＊＊＊

「咦～～小竜要準備期末考～～？大河妹妹也一起嗎～～？」

「對。就在我們常去的家庭餐廳。平底鍋裡有鮭魚漢堡排，稍微加熱就可以吃了。要注意別燒焦了。鍋子裡是白蘿蔔豆腐味噌湯，冰箱還有辣榨菜，要裝到小盤子再吃。」

「啊～嗯，聽起來很好吃耶～～！既然都煮了，吃完之後再去嘛～～」

「我和其他人約好一起吃飯。」

「那只剩泰泰一個人……」

啊～背後傳來親生母親寂寞的叫聲，竜兒把手伸進羽毛外套的袖子裡，想要擺脫罪惡感──因為他對泰子撒謊。事實上其他人都在家裡吃飽之後再集合，沒必要在家庭餐廳解決晚餐。只是竜兒有更重要的理由，才會不惜浪費外食的餐費、不惜欺騙賺錢的母親。

他把念書要用的文具放進帆布手提包裡，老大筆記也不忘放進去。確認一下錢包還有多少錢，手機和鑰匙也收在牛仔褲的口袋裡。竜兒戴上沒被大河搶走的圍巾，考慮一下要不要戴個帽子。

「呿～泰泰整個寂寞咩。」

「……！」

竜兒沒聽清楚，於是回頭一看。

寒冷的高須家（暖桌電源開著，所以沒開電暖爐）裡，2DK一片沉默。剛才那是什麼──躺在暖桌裡只露出腦袋、溫暖到快要融化的親生母親對兒子「嘿嘿～～☆」一笑：

「小竜不知道嗎？現在很流行喲～～！店裡新人教我的～～年輕人現在都這樣說話喲～～速不速超口愛～～！整個很夯喔～～！嘿嘿嘿嘿～～☆然後呀，能夠跟上年輕人流行的泰泰整個超聰明的喲！」

「不要再說了！拜託！根本不是這樣！」

竜兒歇斯底里地大叫，甚至想要遮住耳朵，但是精神傷害已經造成。基本上泰子在很多地方都用錯了，親生母親的愚蠢讓他受到極大創傷。再加上開心地兒子報告「這個現在很流行喲」的行為，本身就很歐巴桑！看起來還很年輕的母親，果然已經是不折不扣的歐巴桑了！這項沉重的事實又是一大創傷！竜兒腦中浮現國文課本裡著名的短歌「不知又不覺　將母親揹了起來　輕盈的身軀　才發現不再年輕　使得我驚訝不已」。

泰子沒把受傷的兒子放在心上，躺在暖桌底下枕著座墊，嘟起嘴說道：

「咦～～？迷有錯唄？這樣超棒的說～～真的超正確喲～～」

沒化妝加上身穿UNIQLO家居服的泰子哼了一聲，可是這種行為正好顯示她的腦袋資料夾已經嚴重毀損。只有在這種時候，竜兒才會感謝神讓自己繼承父親的肉體構造，沒有遺傳到泰子光溜溜的大腦。竜兒雖然不曾見過父親，不曉得父親的死活，也不打算想像父親的腦袋構造，但是至少父親的大腦皺褶一定比泰子複雜，神經傳導物質的密度一定比泰子高。如果母子兩人都是「光溜溜的超讚大腦喲☆」狀態，竜兒根本不敢想像高須家現在會變得多麼混亂。

「小鸚……泰子就拜託你了。我只能依靠小鸚了。」

竜兒偷偷對著鳥籠中收起翅膀佇立的寵物——醜八怪鸚鵡小鸚如此說道。沒想到小鸚閉上的眼皮抖了一下，半開的腐肉色喙子流出濃稠的泡沫。吸吸……小鸚用長舌頭把泡沫吸回嘴裡，混濁的口水在喙子拉出幾條線：

「無能為力。」

說完話的小鸚翻過白眼，張開好像小樹枝的鳥腳，背對飼主拉屎。

「喔！竟敢反抗……！」

「小鸚也覺得寂寞，才會鬧性子唄～～對吧，小鸚☆呀啊～～☆」

泰子伸進鳥籠的指尖被小鸚咬掉一小塊皮，小鸚還「呸！」把皮吐掉——這是相當嚴重的反抗行為。竜兒不由得面露可怕的表情：

「這到底怎麼回事？平常那個坦率又可愛的小鸚到哪裡去了！」

「哈☆我知道了～～！小竜，是那個吧～～！」

泰子指著從圖書館借回來的食譜《耶誕節大餐》封面正好對著小鸚，上面不但有烤全雞的照片，還用紅色大字寫著：「痛快享用整隻雞吧！」竜兒連忙把書藏在座墊底下：

「小鸚抱歉，都是我的疏失。我們家絕對不會做烤雞的，絕對。」

竜兒端坐在鳥籠前面低下頭。「對不起喔☆」泰子也學兒子一起鞠躬道歉。小鸚混濁的眼睛斜眼看向飼主母子⋯⋯

「⋯⋯當真？」

「當真！」

「⋯⋯絕對？」

「絕對！」

小鸚抖動喙子，映著飼主目光的突出眼球閃閃發亮。暴露在外的禿頭皮膚，毛孔一一張開。就在寵物與飼主之間的裂縫即將修復之時——

「唔⋯⋯真遺憾⋯⋯！這真是、太遺憾了⋯⋯！」

大河不知道什麼時候踏進客廳。看到母子兩人對著鳥籠下跪的光景，大河忍不住表達心中無限的遺憾。說好約在大樓前面卻不見竜兒蹤影，於是大河便自己上來找人。她本來還想說些什麼，又礙於「好孩子」模式，所以這番話已經是她的極限。

「唉呀～～大河妹妹！聽說你們要去念書～～？整個加油咩～～☆」

「泰、泰泰！花⋯⋯花、發、發生⋯⋯」

泰子嘟著嘴巴，開始慢動作舞動手臂。兒子心想這是在跳舞嗎？不不不，她是在模仿章魚。泰子一邊開心說著：「花枝～～」一邊跳著章魚舞。

「真是遺憾……」（註：「花枝」與「遺憾」的日文發音相似）

大河用手按住額頭，閉上眼睛像是在忍耐暈眩的感覺。

太陽已經下山，隆冬夜晚的空氣有如結凍般冰冷，沒有刮風算是唯一值得高興的地方。路上行人紛紛立起外套領子，皺起臉龐快步擦身走過。竜兒與大河除了「冷斃了！」「唔喔喔！」之外什麼也沒多說，快步走在路燈照射的柏油路上。大約過了十分鐘。

「唔哇～～！冷死了～～！」

「哈啊～～！好溫暖～～！好熱喔，暖氣會不會太強了？」

兩人飛快抵達目的地，推開透出眩目光芒的玻璃門。

地點是國道沿線的家庭餐廳。才剛踏進店裡，竜兒就因為強烈的暖氣差點喘不過氣。唔哇！呼耶！竜兒脫下針織帽，大河也脫下輕柔的彩色毛線帽，淺色長髮輕柔散落在外套背後。兩人總算能在暖氣之中呼吸。

兩人告訴帶位的女服務生等一下還有朋友會來，因此要了靠窗的四人座。竜兒環顧店內小心翼翼地發問：

「請問打工的櫛枝今天有值班嗎？呃……我們是和她同校的朋友。」

「櫛枝今天休假。決定要點餐之後，還請按鈴叫我。」

聽到對方乾脆的回答，竜兒不禁為之僵硬。休假？怎麼會呢？「咦？」大河皺起眉頭：

「騙人，奇怪了，應該沒錯啊……星期一晚上通常是在這裡打工。難道今天剛好休假？」

「早知道就確認一下……啊啊！可惡，失算了。」

大河開口邀約実乃梨今天一起念書，実乃梨卻藉口社團活動之後要打工而拒絕。還說如果需要筆記再借，其他時候竜兒都可以自由使用。因此竜兒為了能夠和她說話，特別提早到她打工的家庭餐廳，豈料撲了個空。

「有點太不對勁。我問問看她今天在哪裡打工。」

大河偏著頭迅速拿出手機，竜兒從對面伸手阻止她：

「算了……如果她在打工，打電話會給她添麻煩，發簡訊也不能回覆。今天就算了，都怪我沒有事先確認。或許老天爺希望我們不要分心。好了，快點吃飯，別再多想什麼，專心念書吧。菜單。」

「嗯……」

大河脫下外套，打開竜兒遞過來的菜單，視線卻浮在空中暗自沉思。竜兒彈了菜單一角，大河的視線總算回到菜單上。

「決定好了——我要冬季蔬菜牛肉咖哩。妳呢？」

「……南瓜焗飯，還有飲料吧。」

按下按鈴找來女服務生點完餐，竜兒前去飲料吧拿飲料。就在餐點送來之前打算先看點書、攤開書之時，大河好不容易開口：

「竜兒……我想到了。」

想到什麼？竜兒抬頭看向大河，同時將咖啡杯拿到嘴邊。

「小実是不是在躲你？」

鏗……！沒擺好的咖啡杯撞到盤子發出聲響，杯裡的灼熱液體稍微濺到手上。竜兒嚇一跳趕緊收手，卻不小心撞到牆壁。他因為發不出聲音的疼痛與麻痺，忍不住趴了下去。

「啊——啊……果然。早知道就不說了……」

「不不不，請妳告訴我！是從哪裡判斷的？」

大河茫然望著斜上方，一邊用手指撥弄長髮一邊低聲說道：

「今天我特別觀察你和小実久違的互動……在我停學之前，你們本來可以像普通人一樣聊天，可是今天完全沒有對話。」

「完全沒有？有啊，而且說了好幾次。」

「那種對話等於沒有。話說回來，你們根本沒有說話的機會。每次我在你旁邊叫小実過來，她絕對不會靠近，只顧著開玩笑或不理我們。找她念書也不來，應該打工也不在……或許說要打工是假的。」

「假的……怎麼可能？這麼容易揭穿的謊言！」

実乃梨絕對不會說謊，她不是會撒謊的人……竜兒多少有這種想法，但是大河沒有。

「你根本沒有搞懂。小実並非只是『笨笨的可愛女生』也不像外表看來那麼單純開朗又有趣，瘋狂迷戀她的你應該最清楚。小実有好的一面，但是……」

「妳……」

的確沒錯。竜兒聽到這裡也只能點頭。一來是贊同瘋狂迷戀的說法，二來是在暑假的旅行，還有許多時候，自己確實時常遭到実乃梨的哄騙。

「說得沒錯。」

「而且她拒絕擔任耶誕派對的籌備委員，甚至不想參加。平常的小実不可能這樣。」

「櫛枝不是說過這是因為比賽陷入低潮嗎？我想她是說真的……對了，櫛枝的異常一定和比賽有關！只是低潮而已！」

不可能是為了躲我！竜兒故意加大音量打斷大河的反駁。

「問題在於怎麼幫她打氣、讓她參加耶誕派對——這就是天使大河展現過人長才的時候了！妳不是說過要當幕後英雄？」

「啥？幕後英雄？我什麼時候說過了？現在不是開玩笑的時候吧？」

少了罵人的語氣，大河看過來的眼神仍然相當冰冷。竜兒不禁閉上嘴，刻意重重嘆息。大河恐怕也是為了忍住想要嘖舌的心情，喝下杯子裡的可可亞：

「我當然明白你的意思。天使大河是愛的使者、為耶誕節而生的好孩子。耶誕老人也正在看著我、確認我的表現，所以無論如何我都會把小実拖來參加耶誕派對。我會當個丘比特，認真保祐你的告白順利。」

到底哪些是真心話？大河甚至閉上一隻眼睛，擺出拉弓狙擊竜兒心臟的動作。在這種地方射下竜兒的心一點意義也沒有，不過問題不在這裡。

「告白？連我自己也不知道辦不辦得到……」

「當然要告白啊！這可是耶誕夜！神聖耶誕節的前夕！」

大河說得理所當然，不過聽到竜兒再一次嘆息，好孩子大河也皺起眉頭：

「可是我真的覺得不對勁，也不曉得該怎麼幫忙才好。你和小実的感覺和之前不一樣，之前的你們更……」

久等了——店員打斷大河的話，把兩人點的餐點擺在他們面前，將帳單放在帳單架上。兩人之間一片沉默。店員離開之後，竜兒把湯匙拿給大河：

「然後呢？我們之前更怎麼樣？」

「啊～～算了。我怎麼想也想不通，事實上你也知道答案。菜會冷掉，快吃吧——開動。

好燙燙燙燙！啊———！」

大河第一口就被燙傷，奶油白醬就這麼直接滴在攤開的數學課本上。

「唉——！妳真是笨手笨腳！我就知道！快擦快擦，趕快擦乾淨！」

「我正在擦。啊～上面有油漬……算了，這樣一看就知道這裡是考試範圍，從有油漬的地方開始考。」

說什麼傻話啊！竜兒無可奈何地拿起課本，用面紙努力擦拭大河已經放棄的油漬。就在這個時候——

「哈囉！高須、還有老虎，久等了！大家都到了！」

「久等了～！啊，真好～在吃東西！好像很好吃～我也點些東西來吃吧～」

「喔。」聽到能登和春田的聲音，竜兒抬起頭對他們揮手。他們身後還有另外兩個人。竜兒有些驚訝，大河似乎也受到影響，咬著湯匙停下動作。

「哈囉！今天真是有夠冷！就連我也想穿羽毛外套了。」

「是啊，丸尾，之前不是告訴你羽毛外套最暖和了嗎？也有比較便宜的喔。啊，你看，高須同學也是穿羽毛外套。」

北村穿著考生風格的灰色連帽短大衣，緊跟在他身邊的麻耶則是一身羽毛夾克搭配膝上迷你裙和長靴，明明是冬天卻很有毅力地沒穿絲襪，手上抱著毛茸茸的包包。稍微染成深色

的滑順直髮更加襯托只擦睫毛膏與唇蜜的淡妝。坐在附近身穿制服的男生們都不禁盯著麻耶。他們的視線不同於亞美出現時的「藝人耶……哇啊！」、也不同於大河出現時的「美少女耶……哇～！」，而是發出更沒有距離感、更加真實，甚至有可能會過來搭訕的低語。與這樣的麻耶相約見面當然會讓人感到十分得意。

「木原……妳怎麼了？真是難得。」

「我也想抄老大筆記啊。再說我一個人沒力念書，可以一起念嗎？」

「當然好……川嶋和香椎也會來嗎？」

「啊，她們好像沒辦法過來。對了，也可以給亞美和奈奈子她們抄嗎？」

「是沒關係啦，不過……」

如果亞美過來還可以理解，不過麻耶……而且還離開平常的三人組獨自出現，這點實在令人想不透。「快點坐下吧。」麻耶一把抓住北村大衣的袖子，含著湯匙的大河眉頭冒出皺紋。如果對手是亞美還有辦法，不過她實在不知道如何對付麻耶——再說還有「好孩子模式」的束縛。大河沉默不語望著北村和纏著北村的麻耶。就在這個時候——

「來，坐下吧，大家趕快坐下！這位子要坐六個人太擠了。」

能登迅速把自己的包包擺在隔著通道的雙人座上，代表「這裡也是我們的」。

「好了好了，老虎站起來！春田坐裡面！木原坐在高須旁邊——過去過去。我坐春田旁

邊，老虎這邊這邊，拿著妳的焗飯過來這邊。好了，北村也坐這邊。幫我把東西拿過來，謝啦。好了，就是這樣。」

等到回過神來，北村和大河已經面對面坐在雙人座上，和其他四個人稍微有點距離。

「咦、咦、等、等等？人家也要坐那邊！不，那個，呃——啊，我想到了，我和老虎兩個女孩子一起坐！老虎，妳也贊成吧！」

麻耶慌張地準備起身。「意見真多～」春田不讓大河有機會回答，用豪爽挖著鼻孔的手指直指麻耶。

「哇啊！髒死了！」

「少任性了～妳就這麼不想坐在小高高旁邊嗎～？小高高超可憐的～木原好冷淡喔～真是殘忍啊～你說是吧，小高高？」

骯髒的手指又指向竜兒。麻耶拚命搖頭：

「咦？沒有沒有，不是那樣！不是那樣……」

「那就點餐囉！追加四人份的飲料吧，沒問題吧？」

能登巧妙結束麻耶的話，迅速按下按鈴找來店員點餐。錯失時機的麻耶只能閉嘴瞪著能登。「啊，有指紋。」能登完全不理她，拿下眼鏡用餐巾紙擦拭鏡片。

這個氛圍是怎麼回事？竜兒不由得屏氣凝神。

「好，該去拿飲料了！所有人都去會很麻煩，就由我去幫大家拿吧。有什麼特別想喝的嗎？如果沒有就全部都可樂喔！」

毫不在乎氣氛，自顧自地站起身的人是北村。「全部可樂」的男子氣概，讓能登、春田、竜兒三人忍不住鼓掌歡送北村。

「我、我、我、我想要熱的、的、的……算了！我也去！」

大河紅著臉跟在北村後面離席，能登和春田更加興奮歡呼。竜兒愣了一下，麻耶則是不高興地繃起一張臉。北村和大河兩人在飲料吧前面遞杯子、裝冰塊，因為找不到咖啡杯而詢問店員、弄掉冰塊（大河）、撿起冰塊（北村）、弄掉冰塊夾（大河）、撿起冰塊夾（北村）。從旁人的眼光看來，他們的默契似乎相當不錯。

能登和春田滿意地面帶微笑看著兩人。

「……你到底有什麼打算？」

「咦？什麼？你說什麼？」

「少裝蒜了——」

竜兒的邪眼直盯能登眼鏡後面的水獺瞇瞇眼。就算自己再怎麼遲鈍，也不可能到這個地步還看不出來。

「你為什麼要故意把大河和北村送作堆？」

沒錯。能登從早上開始就很可疑，老是故意湊合大河和北村，不斷做著明顯到根本不算若無其事的舉動。竜兒眼中熊熊燃燒黑暗的黑色火焰，這隻水獺根本招架不住。能登乾脆吐舌投降——可是看起來一點也不可愛。

「被識破了嗎……？唉，也好，我也希望得到高須的幫忙。因為我覺得老虎和北村的感覺很不錯。」

「啊、我也是我也是～～！」

對吧～～！能登與春田將手噁心地疊在一起，互相頷首。竜兒則是完全停下動作。

「你看，北村不是因為被老大甩掉很傷心嗎？他現在雖然努力當個學生會長，應該還是很受傷。我希望他快點恢復精神，而新戀情就是最好的特效藥。而且還有個祕密……」

能登悄悄轉頭望向飲料吧，確認大河和北村還沒回來，壓低聲音說道：

「聽說老虎喜歡北村，這是聽說的……不過高須八成沒注意吧？」

竜兒忍不住以嘴巴半張的茫然表情回看能登的臉。「嗯嗯，我懂我懂。」能登自以為是地露出了然於心的表情：

「啊，你果然很驚訝。我也是超意外的，『那個』老虎居然和普通少女一樣？更何況高須一直待在她身邊照顧她，我能明白你的訝異。」

「……」

還是發不出聲音，竜兒一句話也說不出來。

哽在喉嚨的話不是「你怎麼會知道這件事？」或「這種事我早就知道了」，並不是這些。連竜兒自己都感到驚訝的想法是：

你們懂什麼！

還有——

明明什麼都不懂，少多管閒事了！

然後是——

別攪局！

竜兒想說的話是這些。

這些膚淺的憤怒湧上心頭，奪走竜兒臉上的表情。憤怒似乎來自領域遭到侵犯的占有慾，還有驕傲自大的優越感。

竜兒甚至想回應能登——「才不是那樣」「沒有沒有」……想著想著，他終於注意到自己的想法有問題。到底什麼東西「才不是那樣」？什麼東西「沒有」？大河喜歡北村是千真萬確的事實。從很久之前開始，竜兒與大河的最終目標不就是這個嗎？他們說得沒有錯。

明明是這樣，為什麼此刻的自己想要否定客觀事實、甚至想要抗拒？

搞不懂。連自己都不懂了——

「來，久等了！可樂四人份！」

端盤突然擺在面前，嚇了一跳的竜兒抬起頭來。今天也是一身UNIQLO休閒裝扮的北村，俐落地把端盤上的飲料移到四個人面前：

「大家先從數學開始吧？如果有不懂的地方，就一起看會長的筆記集思廣益吧。」

「好是好，不過北村大師沒有不懂的地方吧～～？哪像我完全不懂……」

聽到春田的話，北村笑著搖頭：

「我不懂的地方很多喔。那麼待會兒再討論。」

北村轉身回到和大河一起坐的雙人座上。大河在旁人眼裡看來似乎十分緊張——想先收拾焗飯卻弄掉湯匙、想撿起湯匙卻弄掉鉛筆盒、想撿起鉛筆盒又把課本弄掉、最後弄掉筆記本。臉上的粉紅色一次比一次紅。「要不要緊？」北村和她一起撿。「沒事。」她僵硬地微笑回應，北村也露出溫柔的笑容。竜兒沒有機會出手，他們兩人已經迅速把掉落的東西收拾完畢。

「看吧，他們果然很配。開始念書之前，我先去一下洗手間。」

「啊，我也要去～～」

能登與春田離開座位，竜兒仍然坐在原地動彈不得，內心感到相當不可思議。由能登提供的「旁觀者」角度來看，竜兒此刻突然感覺坐在稍遠處的大河和北村，彷彿是初次見面的

陌生人。然後……原來如此，原來大河和北村對竜兒來說只是陌生人時，他們看來是這麼登對。真的很相配。

「高、高須同學！喂喂喂！我叫你啊！喂！」

「啊，喔……」

坐在他旁邊的麻耶用手肘頂個不停。回過神來的竜兒眨了幾下眼睛。皺著臉的她只讓竜兒聽見焦慮的聲音：

「高須同學的看法呢？你的想法和他們兩個一樣嗎！你也覺得他們很登對、應該交往？」

「咦……呃……這個嘛……該怎麼說？有點太……突然了……」

竜兒不禁回答得吞吞吐吐。麻耶像是針對竜兒的這個反應點頭，繼續說道：

「果然沒錯！我就知道你一定不贊成！大家雖然都這麼說，可是他們都錯了吧！」

「等一下，所謂的大家是指……」

「你也覺得把老虎和丸尾送作堆很奇怪吧！大家都說高須和老虎在一起，只是因為你天生愛照顧人的體貼個性使然，既不喜歡老虎也不討厭。不過其實你喜歡老虎吧？」

「啥！呃、呃、等……咦？」

「我為你加油！真的！不要放棄喔！」

麻耶擺出強而有力的勝利手勢，悄悄看了大河與北村那桌。現在不論自己如何否認，她

也聽不進去吧?竜兒很早之前就知道北村受到女同學歡迎，因此對於麻耶注視北村的熱情眼神也不會感到驚訝。但是問題不在這裡，給我等一下!

就在我自己不知道的時候，到底發生了什麼事?有人知道實情，而且有目的地推動一切。我該怎麼辦才好?從剛才開始就一團亂，來不及整理思緒，差不多是宇宙混亂的槍與玫瑰合唱團。啊!安達魯西亞是伊斯坎達爾了（註：兩人都是遊戲「UNLIMITED：Saga」裡的角色）

——意思就是，根本搞不懂是什麼意思。

大河和北村收拾好焗飯的盤子，一起打開數學課本，可是他們的目光都不在課本上。兩人不斷聊天，竜兒聽到的片斷內容多半是耶誕夜、派對、籌備委員、學生會等等……能登和春田回來之後，他們也開始翻開課本。「老大筆記就在回家路上去便利商店影印吧?」「還是現在就去印?」「會被店家罵吧?」——竜兒順著對話心不在焉地點頭搖頭，心情無法平靜。焦慮、徬徨，不曉得該看哪裡，於是順著情況時左時右。看到正面才想到——糟糕，咖哩已經冷掉了!剛才的突發狀況讓他忘了吃晚餐。對了，這個時候應該先趕快把這盤晚餐解決再說。

竜兒握緊湯匙，舀起沾滿咖哩的白飯放入口中。

「糞便檢查——!竜兒，糞便檢查喔!聽說籌備委員全體都要糞便檢查——!」

噗!嘴裡的咖哩差點噴出來，竜兒在千鈞一髮之際拚死堵住嘴唇，把褐色食物吞下肚。

「妳、妳……故意的嗎！」

「啥?你說什麼?」

在一臉不可思議偏著頭的大河後面，北村一臉嚴肅點點頭：

「真的要糞便檢查。因為大家需要經手食品，所以全體皆必須接受糞便檢查。」

「喂～～!你們幾個真是一點都不注意別人～～!有人在吃大便，不准談論咖哩～～！咦?說錯了!有人在吃咖哩，不准討論大便～～!對吧，在吃咖哩的小高高?」

聽到春田體貼的補充，眼前的咖哩在敏感的竜兒眼裡，已經成了另外一種東西。熊熊討厭的不得了。

3

只是光陰似箭，歲月如梭，在日子持續前進之時，竜兒已經沒有多餘的時間陷入混亂。

「哈啾！」

「呀啊！」

亮晶晶的碎片在兩人的慘叫聲中散開。啊——！跟在後面的傢伙也跟著慘叫，空無一物的瓦楞紙箱滾到空蕩蕩的走廊一角。

「慘了！怎麼辦！糟糕！全部撒出來了！」

「妳真笨啊！還有空在那邊吵鬧，快點過來撿！膝蓋有沒有怎樣？我看看！唉——擦傷了！真是笨死了！」

「不用你說我也知道！真糟糕……都撒了……」

大河撒在放學後走廊的東西，是五名籌備委員直到剛才為止埋頭剪出的大量金銀色碎紙片。原本打算用買的，沒想到這種東西意外昂貴。力行縮減經費的籌備委員會因此決定自己動手做。上課之前、午休時間、放學後……大家默默持續枯燥的剪紙工作好幾個小時，總算完成滿滿數個瓦楞紙箱的紙片，沒想到這個不知打哪來的笨蛋，用兩圈前滾翻打翻了一整箱，讓紙片散落一地。

笨蛋犯人站起身，皺起臉瞪著自己又紅又痛的膝蓋。

「喂！這邊來個人幫忙撿！」

「啊，抱歉……」

聽到被大河從後面撞上的單身班導（30）叫喊，竜兒連忙轉身，這才發現單身（非常健

康）懷裡的講義也散落在走廊上。幸好沒摔倒，不愧已經三十歲，下盤相當穩健……這番話如果說出口，似乎會開啟不該打開的獨次元獨門。竜兒沒有多發表意見，趕快跪在走廊上撿起講義，把碎紙片交給其他人處理。

「討厭，真是的～～！我本來已經按照頁次排好，這下子豈不是又亂了～～？」

「真的很抱歉，犯人是那傢伙、那個小笨蛋！」

聽到竜兒的介紹，大河意外老實地拉起裙襬屈膝，面無表情地低頭鞠躬：「妳好！」這也是大河的「好孩子」表現之一吧？若是普通的大河，早就讓單身（父母健在）在16拍的嘖舌地獄裡，永遠踏著單身舞步。單身（沒有兄弟姊妹）不知道自己運氣好，還蹙眉說道：

「真是一點也不穩重……你們最近好像老在忙籌備派對的事，沒問題嗎？耶誕派對不是壞事，但也不能忘了期末考喔。特別是逢坂同學，停學期間沒上的課還跟得上嗎？」

「啊，唔。」專心撿拾碎紙片的大河隨口應了幾聲，竜兒代替她回答：

「這陣子晚上我們都和大家一起念書，有不懂的地方就互相討論，彼此教學相長。大河沒有太多不懂的地方，而且我們還有狩野學姊的必殺筆記，到目前為止都還應付得來。」

「是嗎？啊、逢坂同學本來就只有功課好，高須同學的成績也不錯。但是春田同學還有春田同學以及春田同學……」

「春田嗎……？」

「就是春田同學啊……啊，春田同學該不會也加入了籌備委員會吧？」

「請老師不用擔心，北村嚴格禁止他參與派對，要他好好念書。」

單身（公務員）穿著灰色針織衫搭配白色窄裙、搖晃胸前的鑽石墜飾擺出銅牆鐵壁的蹲姿（膝蓋跪地，斜著大腿蹲下，是絕對不會走光的姿勢。雖然優雅，但是學得這種方法之後既無可趁之隙，不受歡迎的氣息也會增加喔！）撿拾講義，同時擔心地看著竜兒的臉：

「好好念書，別連高須同學的成績也被牽連退步——我、由、衷、地、拜託你。你和逢坂同學最近老忙著籌備委員會的工作，老師有點擔心。」

「對不起……」

竜兒小聲道歉，並且抓抓腦袋。

單身（四年制大學畢業）的擔心也是其來有自，這陣子竜兒與大河每天都為了籌備委員會的事而忙碌不已。

一大早和學生會成員集合，準備派對的各項事務。要做的事情很多，像是分配人員、統整必要物資與流程、統計預算、拜託老師從學生會預算裡挪出經費。午休時間也要集合，規畫耶誕夜來臨前的行程表與工作內容，分組進行該做的工作，並且互相確認進度。放學後也必須留下來準備碎紙片和裝飾品，基本上就是湊齊人數來進行勞動工作。

同時當然也要上課，期末考也迫在眉梢。晚上大家都會聚集在家庭餐廳或某個人家裡念書，解散之後各自回家繼續念書。老師的話也說得很酸——耶誕派對就勉強睜一隻眼閉一隻眼，但是如果有人因為準備派對而疏於課業，致使考試成績一落千丈，活動就立即停辦。

特別是大河參加籌備委員會一事，所有的大人一致不看好。她原本就是全校第一的問題學生、眾所皆知的麻煩製造者，甚至剛留下前科紀錄，老師們怎麼可能認同她參與非正式的學校活動，也就是學生們的「歡樂聚會」？其中也少不了許多嚴厲的批評，像是看不見她的反省、處分太輕了之類的意見。

唯有一人，也就是單身——不，是班導戀窪百合提出「大河過去的成績並不差」「這活動可以幫助大河除去心靈雜質，穩定情緒」「讓學生藉著活動學習負責，可以加強學生身為學校一分子的自覺」等理由支持大河。意思就是單身（獨生女，但無須背負戀窪家傳宗接代的任務）為大河助陣。如果大河出了什麼差錯，單身（也就是不需要入贅！）的立場也岌岌可危。眼前發生的事，正如同她們兩人關係的具體表現。

「總而言之，我認為老師真的不需要擔心大河。這次考試大家一起念書，我看到她期中考的成績才知道大河的成績比我好很多。這麼說對她有點不好意思，我真的很意外……」

「一年級時她好幾次都忘記寫名字，結果以零分計算，所以必須補考。今年還是我在考試之前提醒她『名字！名字！名——字——！』才沒發生什麼問題。」

「那個笨蛋真是勞煩老師照顧了……好，全都收好了。」

「Thank you!」

「真是對不起。單……不，老師，妳要來參加學校的耶誕派對嗎？」

「怎麼可能參加！就算沒有計畫，也要賭上尊嚴不去！不過……呵呵。」

說到最後，她突然發出溫柔的笑聲：

「你們這麼費心準備，希望能夠辦得很成功，回報你們的辛苦。」

單身（所以隨時都可以嫁人！）這番話，聽得竜兒不由得紅了鼻子。鼻子終於能夠發射火焰了！當然不是。回報——也就是実乃梨願意參加派對，自己能夠與心儀對象共度耶誕夜。也為了這個目標，竜兒還有天使大河大人每天都花費許多寶貴時間進行準備。

或許自己真的希望有所回報——沉默的竜兒仔細咀嚼這個字眼。人生唯一的十七歲耶誕夜……他想要與実乃梨共度這個情人的夜晚。大河應該也是同樣的心情。她一定也希望能與北村一起讓派對成功。

單身（啊，外語能力很棒♡）不可能知道這些，但是悄悄看向大河的視線裡卻充滿真摯的暖意。竜兒從班導的眼神可以明白她真的很擔心問題兒童大河，這位大人果然是站在我們這邊的。

「逢坂學姊！垃圾也混進去了～！」「咦！啊哇哇！糟糕糟糕！」「垃圾我來清，總之學姊負責撿就好！有人走過會飛得更遠！」「不好！糟糕了！」——大河趴在走廊上，和一年

級學生忙著為自己的笨手笨腳善後。一開始見面之時，低年級學生都因為最凶生物掌中老虎的現身而害怕發抖，但現在也受惠於大河的「耶誕限定好孩子模式」完全把大河當成普通學姊看待，同時也習慣應付她的笨拙。

學姊，另一邊另一邊！那邊也有那邊也有！看著大河聽從學弟妹的聲音忙碌地左轉右繞，竜兒的臉部抖個不停，還出現不吉利的痙攣——他在笑。

「大河說過最喜歡耶誕節，老實說我不是很能理解。不過……她那麼努力，還說『耶誕老人在看，所以要當好孩子』之類的蠢話……」

「這樣啊……我倒是可以理解，因為女孩子都喜歡耶誕節啊。」

「是嗎？」

「老師雖然已經不是『女孩子』還是很喜歡耶誕……Tiffany、Cartier、Gucci、Coach……Hermes、BVLGARI、Dior、LV、CHANEL……Chloe、BOTTEGA VENETA、Marc Jacob、唔、唔、唔、唔、唔喔喔喔喔喔喔——！」

「喔……！」

單身 噴出 物欲之日！

竜兒 嚇到 抖個不停！

指令▼逃跑

無法逃跑！

「老師要買東西慰勞自己一下——！所以耶誕節最棒了，對吧！看是要買手錶、包包還是首飾，預算是破天荒的三十萬！三十歲的第一個耶誕節，當然要獎勵自己三十年來的努力！狠狠買下去也沒關係！」

「……」

「你、你的眼神什麼意思？有話就直說啊！」

「……」

「反、反正你一定認為我在浪費錢吧！你一定在想我是拿『獎勵自己☆』這句話，當成被行銷手法哄得團團轉的單身！單身！單身！對吧！」

「……」

「不……不要……不要用那種眼神看我……別看啊——！我也知道這是浪費錢！可是、可是、可是！如果不這樣提振我的士氣，我就沒有力氣活下去了！也不曉得自己工作的意義啊！咿呀啊！」

「……」

「嗚、嗚、很浪費吧……明明有可能一輩子單身、明明退休生活需要七千萬，卻因為耶誕節就想要花三十萬擺闊買名牌。我做出這種事，應該沒辦法善終吧……可是、可是、如果

我拚命存錢，忍住不買所有想要的東西，等我高喊：『太棒了——！我存到一億圓了！』卻發現日本因為通貨膨脹，存款只是一堆廢紙時，又該怎麼辦？咦……？或許真的會發生……難道說……應該要買房子？」

「……」

「這、這麼說來……申請房貸買房子，就能應付通貨膨脹了？」

「……」

「沒錯沒錯，就是那樣！現在不是買名牌的時候了！好好存下頭期款，老師我要買房子！單人套房、鄰近車站、時尚的新房子！結婚之後還可以出租，呀啊——♪」

「……」

「不過……也有可能住上一輩子，最後被人發現我孤單老死的遺體……」

「……」

竜兒甚至能夠看到悲傷的單身（水星倒轉中……淚）背後飄下冰冷粉雪的幻影。他找不到能說的話。侵蝕冰河期的內心，名為「虛無」的永凍土刮起絕對零度的冰雪風暴。

「這些是最後了！竜兒，全部撿完了！快點去體育館！北村同學還在等！」

「啊、喔！好！」

大河再度抱起瓦楞紙箱吼叫，邊踏步邊催促「快點快點！」竜兒總算找到逃離的機會，

向老師行禮之後就抱起自己的紙箱和大河在走廊奔跑。「啊！不准用跑的！」活得很痛苦還是活過來的單身大人在背後大喊，眾人彷彿總算擺脫詛咒般跑下樓梯。

人手一個裝滿碎紙片的紙箱，前往體育館倉庫。北村率領的學生會小組，現在應該正在那裡整理製作好的小道具。碎紙片原本不在製作計畫裡，為了做這個花了一整天，因此大河小組必須快點歸隊。竜兒邊跑邊說：「快點快點！」

「喲！大河——！」

注意到這個叫聲，這回輪到竜兒差點弄翻手上的碎紙片。

「喔！小実～～！真巧呢！社團活動？」

大河停下腳步笑著回應。她悄悄看了竜兒一眼，用眼神表示：太好了、真幸運！

「是啊，我剛才都在體育館進行肌力訓練。北村同學也在，看起來很忙呢。」

実乃梨也笑著停下腳步。一行人正好巧遇実乃梨，她的臉上有些許汗水與紅暈，亂七八糟的頭髮隨便紮成丸子頭，身上穿著運動服。「櫛枝，不快點過去教練會很囉唆！」身旁還跟著幾名二年級女生，她們正在拉扯実乃梨的運動服袖子。「逢坂學姊，我們必須快點！」一年級女生也焦急地在停下腳步的大河背後出聲催促。

「唉呀呀、真可惜！再見囉！」兩人依依不捨地同時邁開腳步。

「……嗨。最近都很忙，老是擦身而過。」

「……是啊。」

好像閃光燈稍縱即逝的視線。

竜兒判斷櫛枝実乃梨的兩顆眼珠正看著自己，嘴巴簡單回應突如其來的招呼，但是無法擺出適當的表情。看到竜兒的反應——她確實看到了——実乃梨發出搞笑的「呵嘿！」聲音。竜兒也拚命從緊張僵硬的喉嚨裡擠出聲音，對著轉身離開的実乃梨背影開口：

「耶——耶誕！派對！一定很好玩！櫛枝也要來喔！」

聽見了嗎？

應該聽到了。

実乃梨稍微轉過頭，似乎有點煩惱想要說些什麼，但是立刻就被催促她快走的同伴拉住手臂強行帶走。竜兒從表情來判斷，実乃梨想說卻沒說出口的話，應該不是自己期待的答案。但是她應該聽到——竜兒拚命說出口的話，應該確實傳遞給実乃梨了。

最近都擦身而過——的確，老是擦身而過。最近……不對，是這幾天。早上也是、中午也是、放學之後也是各忙各的。実乃梨沒有參加讀書會，也沒有去家庭餐廳打工。兩個人見不到面的日子愈來愈多。

可是即使如此，竜兒依然相信只要実乃梨現身派對，一切情況就會好轉。

実乃梨說過自己現在很低潮，也說如果自己跟著起鬨，就無法當社員的模範。不過竜兒

希望她的想法至少變成「願意露個臉」。竜兒所能做的，只有在這種偶然相遇的場合下，笨拙地提出邀約，並為実乃梨可能出席派對做好一切準備。當然他還想為她做更多事，只要有可行的方法，他都想要嘗試。雖然想嘗試卻不知道方法，因此只能望著実乃梨的背影，每天愈發感受自己的沒用。

不過他還是懷抱希望，打從心底相信。

実乃梨會在耶誕夜那天出現、派對將會成功、大家會玩得很盡興。只要能夠和大家一起歡笑，実乃梨應該就會恢復精神，像原本一樣充滿活力，對竜兒展露笑容。竜兒只要看到她的笑容，就會感到幸福。對，意思就是竜兒希望実乃梨打起精神。對竜兒來說，実乃梨的笑容、對著自己笑的那張臉，比什麼都重要、都有意義。

他希望実乃梨開心。

沒錯。事到如今竜兒才發現在他的心中，手段與目的已經在不知道什麼時候顛倒了。不是「因為耶誕夜要辦派對，所以無論如何都希望沒精神的実乃梨能出席」，而是「因為希望実乃梨能打起精神來，所以找她來派對，想讓她開心」。這是竜兒最真實的想法。

站在他們這邊的大人說過得到回報，這句話簡直像是護身符般響徹心底。真的、真的、真的希望獲得回報。為了得到回報，竜兒不管睡眠多麼不足都很努力，不管多麼不安都很努力，就算好幾天都是擦身而過，也能夠重振精神。

竜兒認為跨過這些日子就能見到実乃梨的笑容。這樣一想，他就能夠跨越眼前的障礙。對，無論什麼都能夠跨越。

「竜——兒——！你在搞什麼啊！這個沒用雜碎大……不對，有點滑稽的斯文悠閒男！快點過來——！」

「……好！」

「慢死～～了！你在幹什麼啊？標準的沒用雜碎大笨蛋～～」

亞美在滿是灰塵與汗臭味的體育館倉庫裡，輕鬆坐在成堆的墊子上，包括北村在內的忙碌學生會成員在她身旁走來走去。

「嘿！」竜兒看到村瀨正在白板上寫字，於是拍了他的屁股。「喔！」村瀨也笑著轉頭。竜兒在學生會長選舉之前認識A班的村瀨，這才發現兩人格外意氣相投，如今已經成為朋友。竜兒抱著紙箱，村瀨開玩笑地拿筆搔他的腋下。「住——手——啦——」竜兒不由得扭動身體。

在骯髒又難看的兩名男子身後——

「大事不好！為什麼一副臭屁模樣的蠢蛋吉會在這裡？妳的工作呢？蹺班嗎？」

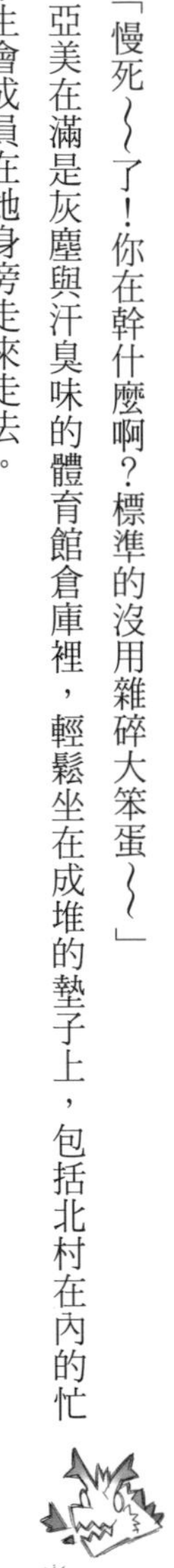

「人家和學生會一年級的學弟妹一組，負責製作裝飾品～我在這裡幫忙做這個。妳看！我很厲害吧？」

坐在成堆墊子上的亞美，高舉用釣魚線長長串起的小鈴鐺裝飾品，準備用來纏著燈泡一起繞上耶誕樹。「怎樣怎樣？」搖晃半成品的亞美得意洋洋，突然……

「唔哇！這這這、不要啊──！怎麼會這樣！」

幾個理應綁好的鈴鐺從小心翼翼捲起的完成部分掉在體育軟墊上，發出一陣鈴聲。亞美連忙撿起掉落的鈴鐺，但是卻愈掉愈多。幫忙撿起的大河忍不住嘲笑她：

「哈哈哈！不愧是蠢蛋吉！笨──死了！耶！重做！」

「妳……可以說這種話嗎？」

「……這個意外真是教人遺憾──」

喔──好慘──大河突然膝蓋跪地開始演了起來，將撿起來的鈴鐺雙手捧給亞美。「我看看。」竜兒推開耶誕節模式的大河，看向亞美的手邊。亞美在書上看到這個飾品並且決定要做時，竜兒也在場。雖然當時看起來很簡單，沒想到……

亞美不滿地鼓著臉頰盤起腿，坐在那裡開始鬧彆扭：

「啐！為什麼會這樣～～？啊～～人家花了一個小時才好不容易做了這麼多……亞美美果然不適合這種單調工作！沒錯，亞美美適合更華麗、強調亞美美的美麗、楚楚可憐、可愛、

清新以及閃耀的超搶眼重要角色……」

自言自語發完牢騷，她就猛然往後一躺。幸好裙子底下穿著毫無魅力的安全褲才不致於走光，但是背部卻發出丟臉的骨頭吱嘎聲響。竜兒坐在亞美身邊，拍拍她的雪白膝蓋：

「有時間抱怨不如快點重做。好了，快起來。妳看，就是這裡——妳的綁法不對。如果沒穿過這個圈圈，就會全部掉下來。」

竜兒示範正確的固定方式，俐落地把釣魚線重新穿過鈴鐺，並且牢牢打結綁好。亞美「啊？」了一聲，靠腹部的力量起身偏著頭問道：

「你剛才怎麼弄的？我哪裡錯了？綁太快了我沒看到，再弄一次。」

「妳看……像這邊……然後這樣……」

竜兒以靈巧的手指緩慢示範綁法，讓亞美看得明白。亞美的臉靠近到聞得到髮香的距離，認真看著竜兒的手：

「不會吧，超麻煩的！也就是說我必須全部重做？該不會要全部解開一一重做吧？」

「要不然又會和剛才一樣掉下來。」

「呀啊——！騙人！真的假的？好慘！這個明明看起來最輕鬆～～！祐作！人家一個人弄不好啦！」

「咦？」聽到青梅竹馬的慘叫聲，穿著白襯衫的北村推高眼鏡，從L型的倉庫深處探出

頭來。脫下立領學生服、捲起襯衫袖子的他滿頭灰塵，手上不知為何拿著生鏽的跳欄。因為老師准許使用體育館的交換條件，就是整理倉庫。北村雖然是失戀大明神，但學生會長的位子還沒坐熱，沒辦法像前任會長一樣善用策略與老師交涉。

「怎麼了？很麻煩嗎？」

「超、超、超～～～～麻煩到極點！人家一個人絕對做不完啦！」

「那麼……高須，不好意思，可以麻煩你幫忙亞美嗎？我會請逢坂先進行下一個工作。」

在這麼說著的北村身邊，大河正拿著剪刀和漿糊，分配工作給一年級男生。注意到現況的她看向竜兒，眨了眨眼說道：

「咦，竜兒不和我們一起做嗎？接下來要做星星喔，一大～～堆星星。」

比她高出一個頭的北村從大河背後彎下腰，笑著對大河說明是他請竜兒幫忙亞美。大河這幾天可能是忙著工作，所以沒空臉紅，或是多少有些免疫——總之她異常冷靜，睜著閃閃發光的眼睛點頭說聲：「這樣啊，我知道了。」

北村若無其事地從笨拙的大河手中拿走剪刀，把一大堆紙型交給大河。差點弄掉的大河在千鈞一髮之際總算拿穩，不由得面帶微笑。北村和大河相視而笑，往倉庫後面走去。

「啊……」

必須得到回報——

比想法早一步，剛才的思考餘韻在竜兒的耳中復甦。他瞬間忘記自己想說什麼，也忘了自己想到什麼。

必須得到回報──沒錯。

大河的努力，也必須得到回報。

「唉──呀──祐作和小老虎感情真好，他們兩個挺配的嘛～」

「……別說傻話了，快點動手。妳把到現在為止做好的部分全部解開。」

哼──！亞美不高興地吐舌頭。和能登不同，亞美吐舌頭的表情果然很可愛。竜兒不以為意地坐在亞美身邊，俐落地拉出新的釣魚線，迅速綁起小鈴鐺。亞美以盤起的膝蓋粗魯地撞了竜兒的背：

「喂喂，我們開溜吧？現在正好不會被發現喔。」

「不行。『亞美美』是怎麼了？怎麼這麼沒幹勁？妳不是要努力炒熱氣氛嗎？」

「人家有努力啊～～？也炒熱囉～～？你好好看著，亞美美很快就會讓你見識到我．的．厲．害。可是啊～～人家今天已經累了～～而且這裡的空氣好糟～～又冷又有汗臭味～～還有不斷進出的體育社團，真是吵死了～～剛剛壘球社的女生還扛著槓鈴大吵大鬧～～對了，高須同學正好和她們錯過了～～對吧？」

「……就叫妳快點做。」

啊哈♡亞美笑了一笑，稍微瞄了一眼正在忙碌的其他人，大眼睛又轉回竜兒身上：

「真是可惜，如果早點過來就可以遇到某人了……啊，痛！」

竜兒把鈴鐺擺在掌心，用手指彈向亞美的鼻尖。「嘿！我什麼都聽不到！」接著瞇起眼睛，轉身背對按住鼻子的亞美。

「過──分──真不敢相信你竟然做出這種事？討厭討厭，果然是男生！是你自己最近和実乃梨疏遠，幹嘛遷怒在我身上？又不是人家的錯！」

「廢話，我沒說是任何人的錯。」

「心情真糟！感覺真差──」

「那是妳摸魚的關係。」

「是是是，我做就是了。你看你看，我在做了。我能夠理解你心情不好的原因。老是和喜歡的人錯過，另一方面老虎又是心花怒放的樣子。被拋棄的高須同學孤零零一個人，好悲慘啊……痛痛痛痛！」

彈額頭！彈額頭！彈額頭！連續三下讓亞美閉嘴。在她閉嘴之後，竜兒突然想到──

「是妳嗎？就是妳吧！在班上亂傳八卦的傢伙！」

「你說什麼～～？什麼意思啊？我聽不懂！」

亞美瞪著竜兒。竜兒毫不退縮地接近她的美麗臉蛋，把聲音壓低到了極限：

「我說！就是……有人亂傳……大河……喜歡……北村這件事！班上一片要把他們湊成對的氣氛，而且妳剛才說了……」

「關──我──屁──事──！」

亞美這下子不只是彈額頭，而是一拳頭打在竜兒的額頭上。竜兒好久沒有遭到女孩子暴力相向，一時之間說不出話來。這麼說來，大河已經一個星期沒使用暴力了。「好痛！」揮拳的亞美邊甩著發痛的手，不滿地哼了一聲：

「真是的──我為什麼要做那種事？順便告訴你，我的確知道那件事，可是我沒打算湊合老虎和祐作。他們之間的事原本就和我沒有關係，還有『超愛丸尾♡』的麻耶也是興致勃勃。我只是剛好覺得他們很適合，而且班上同學也同意……呵，只要那些傢伙幫忙，他們的確很有可能交往～如果真是那樣又如何？難道你介意嗎？」

「……那樣不是很好嗎？我只是因為沒有關係的人出面干涉……該怎麼說，莫名覺得有點不爽……就是、就是那樣而已。」

「喔～」

亞美看著語塞的竜兒，眼底又閃耀起壞心眼的光芒：

「啊哈♡就像嫁女兒的父親嗎？」

「誰知道，我又沒有女兒，也沒見過我父親。」

「不希望她跌倒、不讓她受傷、不希望她哭泣、不希望她生病、死去，自己一路小心翼翼拉拔長大的寶貝女兒被其他男人拐走了。不知道對方會不會像自己一樣珍惜她、不知道對方有沒有能力保護她，自己小心照料的漂亮女兒就這樣被人帶走，父親卻得不到任何回報。但是不管願不願意、有沒有回報，父親都必須放開女兒的手——你知道為什麼嗎？因為父親會先一步衰老、死去。身為一個父親，會出自本能地害怕自己死後，女兒必須一個人留在世上。因此就算不情願，還是得把女兒託付給活得比自己更久，而且又可靠的男人。」

「啥？」

妳在說什麼——？

大河的親生父親絕不是這種了不起的人。那傢伙才不在乎未成年的女兒一個人生活，是個混蛋到了極點的自私鬼。竜兒也不是大河的父親，更不可能會有個十七歲的女兒。再說這世界上也有不少離開父親、一個人生活的單身女性——譬如戀窪家的百合和高須家的泰子。她們不是被拋棄的女兒，而是擁有在世界上好好活下去的力量與智慧，同時也是成熟的大人。雖然她們也有不少問題，至少都活得好好地。況且問題根本不在這裡。

「妳現在說的是帶有歧視的問題發言喔。妳自己也是別人的『女兒』吧？這不是在貶損自己嗎？」

「我說的又不是我的想法，只是聰明的亞美美以簡單明瞭的方式，代替爸爸——不，是代替高須同學說出心中的想法罷了。」

「我哪有那樣想?妳少胡說八道。」

竜兒哼了一聲，沒把亞美的話放在心上，準備專心與釣魚線和鈴鐺搏鬥。他輕輕將釣魚線穿過鈴鐺頂端的小洞，可是穿不過去，即使頻頻嘖舌還是無法順利做好。

「可是看到祐作和老虎在一起，你感到很不是滋味吧?看你的臉就知道了，所以你的心情才會那麼差……這就是角色錯亂吧?明明不是她的父親，也不會早她一步衰老死去，高須同學依然小心翼翼照顧一名你絕對不會追求的女生。然後心中又有個原配——你們三個就好像在玩辦家家酒，角色分得非常清楚——爸爸、媽媽、小孩。」

「啊——!可惡!」

弄掉鈴鐺的竜兒搔搔頭，忍不住瞪著亞美。也許這就是遷怒。

面對他的視線，亞美回了一句：

「對了，你打算怎麼辦?」

「……」

平靜的眼神不帶惡意也並非惡作劇。亞美冰冷透明的深褐色眼睛強而有力地看著竜兒，讓人動彈不得，彷彿直接看見竜兒的內心深處。

「說真的，如果老虎和祐作真的交往了，你打算怎麼辦?無所謂嗎?只要自己能和実乃

梨在一起，其他人都不重要嗎？」

竜兒眨眨眼睛，舔過乾澀的嘴唇，在亞美的注視之下，他甚至好不容易才想起自己忘了呼吸。自己應該沒必要也沒義務回答亞美的問題吧？正當他想轉過臉去時，下巴卻像個遭到強吻的女孩子般被人抓住。意外有力的亞美讓竜兒的臉固定在她的眼前，用大到嚇人的眼睛凝視竜兒，又問了一次：

「這樣好嗎？我問你，為什麼要扮演爸爸？從什麼時候開始？一開始就是這樣嗎？」

「……就跟妳說我沒扮演什麼爸爸。」

「你在說什麼鬼話？你明明就是爸爸。」

即使視線能夠閃躲、抓著下巴的手能夠甩開，竜兒還是逃不過亞美的聲音。

「高須同學與老虎的關係實在太不自然，超奇怪的。別再玩這麼幼稚的辦家家酒遊戲了。一定是剛開始就走錯方向，所以在受重傷之前趕快睜開眼睛，不要什麼事都隨便帶過。如果可以從頭來過也不錯，如此一來我也能站在對等的起跑點上，而不再是半路殺出的局外人。讓我有資格參與競爭，然後對我更……我也……我是——」

——是什麼？亞美先閉上嘴巴，這才小聲說句：「我也不知道。」

她把臉轉向一旁，馬上露出微笑，以天使笑容說道：

「把我剛剛說的話全部忘了吧。」

或許能夠假裝忘記，但是怎麼可能真的忘掉？竜兒不知道該說什麼，停下的手也動彈不得。他看著亞美的笑臉，亞美終於用雪白的手拿起釣魚線和鈴鐺，解開原本打的結。鈴鐺掉在她的大腿上，發出「叮鈴！」一聲。解開錯誤並且重新來過，比將全新的線打個結來得麻煩又困難。她低聲說了一句：

「……結果每個人最不懂的還是自己。」

只有這樣。她把側臉隱藏在垂落的頭髮後面，幾乎看不見她的表情。忙碌的傢伙各自忙著自己的工作，沒人注意到體育軟墊上的假天使說了什麼。

從這裡也看不見頭頂甜甜圈光環的期間限定天使。

＊＊＊

期末考最後一天。

所有考試都在中午之前結束。放學前的班會時間，整個教室鬧哄哄。經過連續三天的考試，照理說每個人應該都已經精疲力竭，不過年輕的身體卻因為得到解放而失去冷靜，心情早已開始放寒假，心中描繪耶誕節的場景，甚至有些傢伙已經夢見下個月過年的紅包，臉上不禁露出笑容。

「真是的，不是叫你們安靜下來嗎？聽好了，禁止在外面逗留，千萬不可以遊蕩！明天和後天都要正常上課，不准想著寒假！聽——到——了——嗎——！」

即使單身班導（30）放聲大叫，現場當然沒有人會乖乖安靜下來。終於從考試念書當中解脫，而且剩下來的課也只剩下發考卷和講解，然後就是結業典禮。而讓人期待難耐的耶誕夜，班上大多數的同學都會參加在體育館舉辦的大型派對。在這種情況下，有哪個十七歲高中生還能安安靜靜坐在位子上？

全班在北村的口令下站起來，跟老師敬完禮的同時。

「咿咿咿呀呵喔喔喔——！考完了——！」

「太好了～～太好了～～寒假～～！放假了～～！來去玩吧～～！」

「去吃東西、逛街之後再回家～～？呀啊～～！」

歡呼聲撼動2年C班教室，單身（30）也只能苦笑。其他班級一定也是一樣。教室隨處響起談笑的聲音，高中小鬼迅速衝出教室，彷彿想要盡早脫離這座監獄。

竜兒也準備要回家，將整理好的書包擺在桌上，伸展僵硬的肩膀與背部。考試結果應該比前幾次好。老大筆記簡潔歸納的要點全部考出來了，實在令人驚訝。

「喔～～！辛苦啦～～！嘿嘿，一起吃完午餐再回家吧～～！去吃拉麵～～！」

「今天籌備委員會那裡應該沒有工作了吧？」

同樣承蒙老大筆記照顧的春田與能登拍拍竜兒的背，不過——

「嗯，我今天有點事……」

咦——！搔頭的竜兒無視兩人的齊聲不滿。事實上那件事還沒確定，竜兒只是姑且抱持希望，提前拒絕兩人的邀約。推掉朋友邀請的竜兒瞪向右前方，因為睡眠不足而布滿血絲的兩隻邪惡之眼正在詛咒——不是，是滿懷希望地凝視兩名女生的一來一往。

一邊是大河——長髮因為考試的關係，所以用夾子固定。她忘記拆了下來，只顧著拚命說話；另一邊則是実乃梨——八成也是為了考試，把瀏海綁成衝天炮，聽著大河說話。

嗯嗯。又是搖頭又是雙手抱胸的実乃梨以奇妙的表情閉上眼睛。點頭吧！說妳願意！竜兒在暗地裡加油，握拳的手心都是汗。他舔了一下乾燥脫皮的嘴唇，緊張到呼吸紊亂。

哈啊、哈啊！又舔一次、吞口水、哈啊、哈啊、舔唇……「討厭，高須同學好亢奮～」「八成是想到大掃除吧。」「應該是，這樣反而恐怖。」「的確，感覺起來更危險了。」……哈啊、哈啊、吞口水、哈啊、舔唇……竜兒完全沒注意周圍女孩子投射過來的害怕視線，一邊喘氣一邊等待実乃梨的回答。

不過看來光是暗地裡加油還不夠。

「抱歉！俺等一下要練習！」

對不起囉！実乃梨突然抓住大河，順勢以臂力將她推出場外。

沒有座墊可丟（註：在相撲場上，橫綱得勝時會場觀眾會丟座墊表示讚賞）的竜兒獨自在稍遠處失望地塌下肩膀。大河似乎想要回報結果，以若無其事的樣子轉頭看向竜兒，模仿遭到絞殺的屍體吐出舌頭，用大拇指在自己脖子上畫了一下——這樣根本不像若無其事，總之意思就是「失敗」。我已經聽到了。

天使大河提議今天中午邀実乃梨連同竜兒一起去吃飯，這下子作戰失敗。被推出場外的大河走回竜兒身邊：

「可惜，小実說要去社團……」

「我知道我知道，剛才聽到了。」

「哇啊！」

「跟妳說我知道了。」

大河可能擔心自己沒有表達清楚，又做了一次割喉的動作。近距離看到這個動作，愈發覺得丟臉。過意不去的竜兒轉開視線，就在這個時候——

「啊、不好意思，你們還特地約我。」

「喔、不，那個……沒什麼，該怎麼說……最近似乎沒什麼機會好好聊天……我、我是說妳和大河……」

「唉，我們教練已經完全墜入黑暗勢力，練習也變得嚴苛許多。」

已經幾天沒有近距離聽到実乃梨的聲音，現在的異常接近應該不算巧合。実乃梨面帶傻笑，綁成衝天炮的瀏海也跟著搖晃。

「那個……瀏海繼續綁著沒關係嗎？」

「咦？瀏海？什麼意思？唉呀！哇喔——！」

看樣子是忘了。実乃梨順著竜兒的指示伸手一摸，這才注意到自己的衝天炮，連忙拿下橡皮筋、放下瀏海。「妳怎麼沒告訴我！啊噠噠噠噠噠噠受死吧——！」実乃梨的雙手刺向大河眉間的祕孔，大河順勢無聲倒下。

「唉呀，真是好險！差點就這樣去社團了！啊——真丟臉，瀏海都變形了……討厭！」

実乃梨滿臉通紅按著偏往奇妙方向的瀏海，竜兒看到這個景象差點嗆到。變形的瀏海雖然好笑，不過直接表現出難為情的実乃梨更是可愛到不行。

「川嶋的置物櫃裡，應該隨時都有定型慕絲吧？」

「不用了不用了，用水就行了。真是的，我用這個遮一下。」

実乃梨邊搖頭邊拿出擺在運動背包裡的球隊棒球帽，戴在頭上遮住自己的臉。

「喔、太好了，我還以為妳又要拿出禿頭假髮……可是在室內戴帽子，真的會禿頭喔。」

「無所謂，YOU ARE SHOCK！禿頭即將降臨俺的頭上！為了保衛濃密的頭髮……啊、沒聲音了，算了！那麼明天見囉！」

她連揮手的時間都不給，一眨眼就轉身快速離開。有如風一般的迅速動作，竜兒就連想說聲再見都來不及。

看不見実乃梨身影的竜兒心想，分明想和她多說點話。実乃梨這次考試完全沒有借用老大筆記，竜兒想告訴她那些筆記多有用，還想告訴她耶誕派對的準備正在進行中，班上大部分同學都會參加，所以妳也來吧。

下次如果還有機會，絕對不能放過！竜兒頂著一臉苦悶的表情，扣上敞開的立領學生服釦子。嘖！用匕首剖開肚子，把腸子整個拉出來，這可不是開玩笑……當然不是！而且這種事也不能開玩笑。竜兒只是單純有了幹勁——下次一定、絕對不會讓她逃走，明天與後天正常上課還有機會。

為了得到回報、為了迎接快樂耶誕，所以必須邀請実乃梨參加耶誕派對。為了看到実乃梨發自內心的笑容，竜兒想要誠心誠意加以邀請。

「啊——嚇我一跳……我的眉心噴血了嗎？」

「如果真的噴血，妳還能站在這裡嗎？」

被刺到祕孔而倒下的大河終於悠然站起。她邊摸眉心邊惋惜說道：

「又被小実逃掉了。」

「既然有社團活動，我們也沒辦法。沒關係，還有機會的。」

「唉——唉……你這算懂得放手還是懂事？我本來想說這是讓你和実乃梨獨處的好機會，和你們一起走到店門口，然後說聲『啊，我想到還有事！』……」

「天使大河大人真是熱心，連這種教人感動落淚的謊言都準備好了。」

搞到最後完全沒事做的竜兒環顧教室一周——忙碌的北村當然不可能還在教室；能登與春田也已經去吃拉麵。期末考終於結束，許多工作也紛紛告一段落，好不容易回到久違的空閒時光，卻找不到一起吃中飯的對象，這真是太寂寞了。等等，還有人可以一起吃飯——就是眼前這位。

「沒辦法，我們吃點東西再回家吧。也順便想想今後的計畫。」

「不行，我真的有事，沒騙你。」

咦——！竜兒忍不住像個小鬼一般，從眼睛發出雷射光射穿大河的髮旋。

「妳要忙什麼？」

「我要去一趟郵局，忙完之後在外面隨便吃。」

「什麼嘛，趕快解決郵局的事就可以一起吃飯，或是回家煮也可以。」

「我得要先回家拿要寄的東西。話說回來，你幹嘛這麼死皮賴臉……」

「死皮賴臉？喔～～繼續說啊，我和耶誕老人正在聽。」

「死皮賴臉……的、相、反。偶爾我們是不是、也應該、不應該、該不該、保、保、保

持一定的距離……？」

她也搞不清楚自己在說什麼吧？一臉嚴肅的大河慢慢擺出比薩斜塔的姿勢，聽她說話的竜兒也跟著傾斜。就在兩個人像在照鏡子般面對面同時傾斜35度角時——

「……？」

「在耶，高須同學！喂、喂、喂、喂！有空嗎！有空吧！我有事情找你談！要不要和我們一起去吃午飯？雖然只有你一個男孩子，你應該不介意吧？好嗎？」

魄力十足的麻耶不斷逼近，讓竜兒不自覺地後退一步。在她身後是露出淡淡苦笑的奈奈子，以及滿臉壞心微笑、準備看竜兒怎麼應付的亞美。步步接近的麻耶右眼寫著「丸尾的事」、左眼寫著「老虎的事」、額頭上寫著「考試考完了，差不多該好好考慮了！」面對2年C班公認美少女三人組的邀約，感覺起來似乎會演變成有點——不，是相當麻煩的情況。竜兒不加思索——

「啊，那個……不好意思，我還有點事。」

——撒謊了。

「咦——？是嗎！那我們在這裡等你！」

「不了不了，我要去郵局。」

「我們跟你一起去！忙完之後一起去吃午飯！」

「我要去大河家裡拿要寄的東西。如果找大河一起去就沒問題。」

麻耶的右眼是「沒問題才怪！」，左眼是「給我看一下情況！」雖然眼睛充分表達她的意思，可是嘴巴沒有多說什麼，只是無奈地退後之後撥弄染得很漂亮的長髮：

「好吧……那麼下次一定要和我聊聊喔……我們兩人是外人無法理解的命運共同體、是一丘之貉……」

小聲的竊竊私語傳進竜兒耳裡。麻耶的誤解如果一天不解開，接下來恐怕會麻煩不斷，不過竜兒今天實在沒有那個精神解釋。

ＢＹＥ　ＢＹＥ！竜兒匆忙對美少女三人組揮手，把書包拿給呆掉的大河，推著她的背逃到走廊上。

兩人並肩走下通往校舍入口的樓梯，大河仰望竜兒的臉說道：

「你幹嘛說謊啊？話說回來，那個和北村同學看似親密的辣妹是怎麼回事？她要你幫什麼忙嗎？啊，剛剛說的不算。開、開朗的木原同學究竟想要做什麼？」

「我怎麼知道。別管那麼多，快點去郵局吧。只要跟妳一起去，我就不算說謊了。」

大河瞬間瞇起眼睛，似乎真的覺得很討厭，可是在「好孩子」模式下的她又找不到方法拒絕竜兒的糾纏，只能發出「真是的……」低吟，乖乖和竜兒兩人一起踏上歸途。

「妳打算、自己一個人、把這些、搬到郵局？」

「有意見嗎？我去年就是這樣啊——用兩手推兩台手推車。」

喀啦喀啦、吱嘎吱嘎。沉重轉動的手推車輪子，將柏油路面的凹凸不平傳到手心。大河與竜兒推著同樣的手推車前進，像是在比賽看誰的手推車會因為東西太重而解體。

從兩人住的地方走到郵局，平常也要花上十五分鐘，而且途中還會經過很陡的上坡，以及人稱「蛇坡」的歪七扭八狹窄下坡，還有一段路要走人行道。今天的北風又強又冷，足以麻痺喉嚨，讓人眼睛睜不開。

竜兒沒想到要帶這麼多東西走這段路，「幸好有我幫忙」的善心以及「忙中有錯」的真實想法在心中來回交錯。無論如何，他都快要不行了。可是在準備說出喪氣話的竜兒面前，大河默默推著一樣重的手推車前進。外套底下的連身洋裝下襬隨風搖曳，穿著靴子的雙腳不停前進。

換好衣服的竜兒抵達大河家時，兩個手推車上已經用笨拙的方式牢固綁好一大堆沉重物品。堆積如山的物品又重又大，外箱則是包著漂亮的包裝紙。

「對了，這些到底是什麼？」

「……要寄的東西。好了，我們到了。小心樓梯，準備——」

「嘿咻！」兩人一起將沉重的推車搬上好不容易抵達的郵局入口，以難看的螃蟹橫行腳步走過三階樓梯。什麼無障礙空間啊？根本只存在另一個世界！而且大門也不是自動門。抱著東西的大河背對大門，只能粗魯地用屁股推開門。自己吵著要來的竜兒當然沒資格抱怨，不過這一趟真的很累人。

在兩人好不容易抵達的小郵局裡——

「咦？怎麼這麼多人排隊！」

「喔……馬上就面臨這種教人腿軟的場面……」

男女老少雜沓紛擾，郵局裡一團混亂。大概是快要過年的關係，又正好碰上附近公司的午休時間，狹窄的郵局裡擠滿人，多到一不小心就會染上感冒。可是唯一的郵件寄送窗口卻沒人排隊。開心走近窗口的竜兒遭到郵局員工制止，告訴他要抽號碼牌。竜兒抽出的號碼牌顯示還有七個人在等待。不過是寄個東西而已，為什麼要等這麼久？

「唉——來的時間不對，只好先坐下來等了……可是哪裡來的位子……」

「沒辦法，你在這邊幫我顧東西，我趁現在補寫寄件單。」

嘿咻。竜兒把兩台推車推到牆邊，忍不住搥搥吱嘎作響的腰部，眼睛看著大河飄起的洋裝下襬。趁現在幫她把東西解開好了——竜兒把手伸向牢固的繩結。

「……！」

手不自覺就停下來，小聲問了一句：「這是什麼？」

沒有打算要看卻不小心看到——包著耶誕圖樣包裝紙、打上緞帶的漂亮大箱子上面，已經貼好收件資料。

地址是市中心最貴的地段，收件人寫著：逢坂陸郎先生——不會吧？竜兒發現另一個一模一樣的箱子，刻意確認之後看到上面寫著同樣的地址，收件人則是逢坂夕小姐。

「喂，你幫我把這個貼在最下面的大箱子……怎麼了？」

「這是怎麼回事？這些收件人是……？」

竜兒知道自己沒有資格也沒有權利過問，但是他無法保持沉默。要他閉嘴不去過問，那是絕對辦不到。但是在過度震驚而開始暈眩的竜兒面前，大河的表情沒有任何改變：

「……當然也可以請百貨公司幫我寄，可是我還要把卡片和在其他商店買的東西放進去，所以還是決定自己寄。我在百貨公司買了打高爾夫球時穿的拉鍊針織衫，還特別選了灰色和粉紅色配成一對，是那兩個傢伙最喜歡的名牌貨。另外還有MARIAGE FRERES的紅茶，以及可以用來喝啤酒的瓷杯，除此之外——」

「我不是——」

聲音哽在喉嚨。於是竜兒清清喉嚨，重新開口：

「我不是在問妳這個！送父親和繼母耶誕禮物？妳是認真的嗎？這是真心的嗎？難道妳

還打算和他們和好？妳是這麼想嗎？」

「……要不是因為耶誕節，我早就大罵『幹嘛擅自偷看！』然後狠狠揍你一頓，但是好孩子的我願意原諒你。這些只是很單純要送給家人的耶誕禮物，我很認真、也是真心的。這樣解釋你滿意嗎？」

「為什麼要做這種事？」

「因為現在是耶誕節，而且他們是我的父母。我本來不打算說的，其實我也準備了你和泰泰的禮物。就是上個星期日我不是說要在家裡念書嗎？其實我是一個人跑去逛百貨公司，然後——」

「那不是重點！」

竜兒的聲音讓大河為之噤聲，但並非屈服在竜兒突然的叫聲之下。冷靜的大河在驚訝不已的竜兒面前慢慢瞇起雙眼、穩住呼吸，彷彿打算要教導竜兒理性對話的方法。她靜靜地開口說道：

「你要說的其實我全部明白，但是我現在不想聽。所以我才不希望你跟來。」

這回輪到竜兒沉默。並不是他說不過大河的關係。

妳真的懂嗎？真的懂又為什麼這樣做？竜兒無法好好統整這些湧上喉頭的疑問，所以才會說不出話。為什麼？大河，到底為什麼？

就算是耶誕節，再怎麼說也沒理由要送禮物給拋棄自己的父親，還有始作俑者的繼母吧？經過幾次背叛與傷害，大河與他們平日沒有往來，也很討厭他們，為什麼會因為「耶誕節」就對他們友善？「刻意」裝出關係友好的樣子送上禮物，大河到底在搞什麼？如果是用反諷的方式表現誇張的厭惡態度，那倒是可以理解。

可是——只因為「耶誕節」——竜兒無論如何也無法接受這個原因。連竜兒也覺得自己遭大河的父親背叛而受傷，傷口甚至到現在都還沒癒合，他依然非常討厭大河的父親。可是大河為什麼要這麼做？

竜兒一臉難以置信地看著大河的臉。不過大河完全不在乎，只是嘆了口氣，繼續淡然填寫寄送單。她伸出彷彿小孩子的雪白小手，把寫好的幾張寄送單一一貼在箱子上。那些箱子又是一堆莫名其妙的東西。

大河以漂亮的字跡寫下的寄送單上，寫著乍看之下不知道是什麼語言的內容。仔細一看才發現收件處是Tokyo，可是寄件人並不是逢坂大河，也沒有寫上地址，只寫了一個S開頭的英文名字——

「Santa Claus……」

「這是義工活動。輪到我了，如果願意就和我一起搬吧。」

窗口的郵局大叔為了確保無誤一一唸出的收件地址，全部都是教會和兒童福利機構。

＊＊＊

大河說她從小就讀的學校，是在老家附近的天主教女校。

「我因為素行不良，所以沒辦法升上那邊的高中部。」

那是許多權貴顯要子女所就讀，廣為人知的傳統名校。竜兒一聽到校名，不禁停止捲動七八〇圓的義大利麵（附飲料、沙拉和湯）。眼前吃著同樣義大利麵的大河不在乎竜兒的視線，繼續說道：

「那間學校的學生必須參與義工活動，和修女一起到教會和社會福利機構，總之學校強制規定我們去和所謂……我不喜歡這種說法，所謂『不受眷顧的小孩』玩耍，或是幫忙打雜。我剛剛寄的東西，就是要送去那些教會和機構。那些地方全是不能和雙親一起生活的孩子。我寄了些玩具、零食、書、漫畫、運動用品、字典、辭典、圖鑑、印有卡通角色的文具用品等等。即使我是好孩子，也沒辦法把禮物分送到全世界，更不想被捲進詭異的詐欺案件，因此只寄給那些我熟悉的地方。這是我能力所及的範圍。」

「除了父母親以外，還有不受眷顧的孩子嗎……嗯……」

竜兒知道大河看著自己，但是他不打算保持沉默。不是想責備、阻止大河，可是——

「很抱歉，我實在無法理解妳有什麼打算。」

只有這一點。

這些行為實在太不像「逢坂大河」了，令人覺得不舒服——不是真的不舒服，而是自己的內心無法平靜，怎麼樣也無法理解。故意又做作，讓人很想知道她的真正想法。

大河的本性任性、傲慢又唯我獨尊，她是最適合擺架子、最凶又最強的掌中老虎。不說謊也不懂得敷衍，是個正直到近乎愚蠢的傢伙——這才是逢坂大河。當她說出「到耶誕節結束前都要當個好孩子」時，雖然對她的理由感到不解，還是覺得這樣也不壞。事實上從那天以來，大河沒有和任何人，甚至是亞美吵過架，也沒有無理取鬧。在準備考試的同時，還認真幫忙準備耶誕派對，贏得周遭同學的信賴，讓一切往好的方面發展。竜兒也好久沒有聽到大河不講理又任性的怒罵聲，每天過著安穩的日子。甚至她和北村的距離也變得更加親近，親近到讓竜兒感到莫名不安。

不過問題在於這一切、還有這種情況，實在是太超過了，和平常的大河落差太大，已經超出竜兒的理解範圍，竜兒甚至覺得大河是不是故意做作。

大河喝下味道有點淡的附湯，接著嘆了口氣。平常的她總是會對囉唆個不停的竜兒怒吼：「吵死了，狗東西！」然後賞他幾個巴掌才會消氣，但是此刻的大河似乎打算保持「不像大河」的作為。「先不談家裡的事……」用這句話開場之後，大河緩緩開口繼續說道：

「我只是想告訴大家『有人正在看著你』而已。」

她撥弄垂落高領毛衣的長髮，用餐巾紙擦去沾附嘴邊的西洋芹：

「耶誕節是傳達這個想法的好機會。我想告訴他們，就算沒有父母養育、就算不相信神、不相信耶誕老人，還是有人看著他們。想讓他們知道，只要耶誕節一到，在這個世界上的確會有人假借耶誕老人之名，送來一大堆玩具或零食當禮物、有人在某處關心他們。我希望他們相信、讓他們相信……這算是我的自我滿足吧……沒錯，說穿了，一切只不過是為了滿足我自己。」

她露出自嘲的笑容，聳聳肩反覆插著義大利麵裡的培根：

「偽善、獨善——沒錯，不用你說我也知道。我做的事不是為了小孩子，而是為了滿足我自己。我為自己做這些事，扮演『好孩子』的角色。因為我想要相信，相信『一定有人在某個地方看著我』。對我來說，這個人就是耶誕老人。」

「妳口口聲聲說耶誕老人，難道……是認真的？」

「很蠢嗎？」

大河把培根放進嘴裡，眼睛看著竜兒。她的眼神讓竜兒無法回答。明明只是一個淺淺的微笑，看起來卻像在逞強。

「我真的……很喜歡耶誕節。街上與店家閃閃發光，美麗又眩目。每個人似乎都很開心，好像處處都充滿『幸福』。我也想要成為其中的一分子，也希望自己是幸福場景中的一部分。想藉由做好事、當好孩子，變成耶誕節街上閃耀的幸福笑臉之一。而且——」

看到大河低垂睫毛後面搖曳的眼神與她的表情，誰還能夠多說什麼？還能怎麼回應？竜兒也說不出話來，只是靜靜聽著。大河自言自語般略帶沙啞的低沉聲音，就快要淹沒在店內的喧囂聲中。

「而且我真的曾經見過耶誕老人。可能只是作夢……不過，我記得這件事。在我很小的時候，爸爸、媽媽都還在家裡。某一個耶誕夜裡，我在客廳耶誕樹下睡著了，可能是在等耶誕老人吧。睡到一半突然覺得冷而醒來，看到窗外正在下雪。所以我起身走近窗戶……我看到了，耶誕老人就在窗外。我嚇了一跳，然後幫他打開窗子。耶誕老人走進屋裡，喝掉擺在耶誕樹下的牛奶，並且吃了餅乾，然後給我禮物。他還對我說：『只要大河當個好孩子，我們就會再見面。』」

視線看向空中的大河回憶往事，突然回過神來閉口不語。之後看向桌子角落，像是找藉口般對著沉默的竜兒說道：

「總之……是個很孩子氣的夢。我的記憶只到自己興奮解開緞帶拆開禮物，接下來就不記得了。可是我記得那個幸福的夢，只有這一點是真的。是我唯一、獨一無二的珍貴耶誕節回憶，所以我想當個好孩子，想要相信那個夢。這樣很蠢嗎？相信有人正在看著自己而行

動，真的很蠢嗎？很懦弱嗎？」

這時竜兒的心裡只想著一件事——究竟該怎麼回答，才不會傷了大河？

於是竜兒緩緩搖頭，沒用地說聲：「我不覺得。」聽到他的話，大河又笑了，再度吃起義大利麵。竜兒看著她張開的嘴巴，心中沉積冰冷的沉默——他在思考應該怎麼做。想要說服自己去相信「有人在看」的人，卻是一個成長過程「沒人看顧」的人。大河的成長沒有吸引任何視線，除了夢中見到的耶誕老人，其他人都不願意看著大河。在閃閃發光的耶誕夜裡，大河總是孤零零一個人。

湊近看她過深的傷口、過重的孤獨，卻感受到類似害怕的情緒，也近似絕望以及無止盡的黑暗。

怎麼辦？

大河日復一日無法解決，一直累積至今的孤獨，到底該怎麼辦才好？大河笑著吃下義大利麵、笑著訴說最喜歡耶誕節、笑著表示要當好孩子……她還能夠笑得出來，一定是因為已經麻痺、因為持續處於折磨全身的痛苦下，所以已經不算什麼。

既然幫不上什麼忙，不如放她自生自滅？怎麼可能。可是、問題是——然而、但是……

「有夢真好，因為那不是現實。因為在現實生活裡，我沒辦法依靠別人。這是夢、是幻想、是想像。所以我相信夢、相信有人在看，並且試著當個好孩子。這樣不算懦弱吧？」

是夢？還是現實？

一定是夢，搞不好是那位混蛋老爹唯一一次的體貼舉動。倘若真是如此，對大河來說也算等同於一場夢。如果真的對大河說：「妳不懦弱，但很悲哀。」肯定會傷了大河。

「……抱歉我說了一大堆不該說的話。聽到妳說的這些，我能夠理解，也可以明白。我覺得妳當好孩子當得很棒，所以准許妳吃甜點！」

竜兒面帶微笑地將甜點菜單推向大河。「啊，等等！」大河吃下最後一口義大利麵，睜大閃耀光芒的眼睛開始挑選色彩繽紛的甜點。

在午後的連鎖義大利麵店裡，竜兒用手撐著臉頰，不讓大河發現他心中那種像是突然遭受打擊的無力感。

生活在同一顆星球、呼吸同樣的空氣、走在同一片天空下、有如家人般相互依偎——即使如此，他還是沒看出大河真正的模樣。明明知道互相了解是多麼困難的事，但是自己的不成熟與自以為是，仍然讓自己心碎。他總算知道理解與不去傷害，根本是兩碼子不同的事。

看不見遠行之人的蹤影也不要緊，他只想對不再走在同一條路的人，以及決心踏上自我道路的人，懷抱愛與敬意說聲再見。竜兒已經知道，只要浪漫地相信「思念」，不管彼此距離多遙遠都不要緊。

問題是——

距離數十公分的她，現在一定感到痛苦與掙扎，但是面對眼前這個自己完全幫不上忙的人，又該怎麼辦才好？她至少要呼救啊——只要她本人注意到自己的傷口還在流血，或許就會有轉機。

這個世界有殘酷到讓她放任傷口不去處理，一個人往前走嗎？如果真是這樣，這世界沒有神也沒有耶誕老人。不管是救贖——或是看著她的人，完全不存在。

4

十二月二十三日，下午四點。

狩野商店的小貨車開進校門，在運動場上留下車輪印，在體育館入口旁邊停下。在那裡等待的傢伙紛紛靠近，對幫忙送貨的超市老闆（也就是狩野堇的父親）道謝。附近商店街的「狩野屋」是校慶最大的贊助商，也是前任學生會長老家經營的超市。大家一一向狩野老爹鞠躬敬禮之後爬上貨車，「喔……」紛紛因為物品的數量，以及從包裝中露出來的美麗色彩而低聲讚嘆。

「好棒……這個組合起來一定超棒的……！」

竜兒也睜大眼睛，和其他夥伴一起拆開捆繩。光是從這些分開的零件來推測，就可知道這個玩意兒組裝起來會有多大，而且肯定相當華麗。

「很——好！大家一起搬吧！」

聽到了北村嘹亮的聲音，「喔———！」竜兒和十多名籌備委員全部高舉拳頭回應。雖然是上了一天課之後的放學時間，大家的情緒卻異常高漲。不過這也是無可厚非，因為堆放在小貨車上送來的東西，正是派對的象徵「耶誕樹」——而且豪華程度遠超乎大家的想像，籌備委員的情緒當然為之高漲。

不過這棵耶誕樹並不是真正的冷杉，而是模仿真樹的假貨。塞滿貨車的耶誕樹零件閃耀不可思議的珍珠光澤，就好像正在發光。光是看到這些，就能輕易想像出組裝完成之後會有多麼美麗壯觀。上面掛了許多大小和腦袋差不多的金、銀色球型裝飾品，有人拿著一顆金色裝飾品大喊：「大金玉！」（註：日文裡的「金玉」是睪丸的意思）膝蓋後方立刻吃了北村一記下段踢，手上的球也被其他人搶走，可是搶走的人也沒有注意太多，把兩顆金色的球拿在胸前——「啊，不好……！」竜兒見狀忍不住噗哧笑了出來，可是又覺得有些不甘心。他手裡的紙箱則是塞滿了燈串與電線。

一群一年級學生從竜兒身後超過他，嘴裡聊個不停：

「總覺得搞得滿像一回事的？」

「這棵樹真的組得起來嗎？」

「擔心也沒用，做就是了！一起加油吧——！」

聽到他們的話，加快腳步的竜兒也在心裡回應他們：「好！一起加油吧！」

人海戰術裡的每個人盡可能多拖些耶誕樹的零件，一個接一個送進體育館裡。似乎要花上不少時間的耶誕樹必須在今天組裝完畢，完成之後收進舞台後面，等到明天結業典禮結束之後，再把它拖出來布置會場——這就是籌備委員會預定的計畫。

重要的耶誕樹當然要有模有樣！送樹來的人雖然是狩野屋的爸爸，但是協助弄到這棵樹的人其實是——

「哇～～喔♡來了來了～～！零件統統送來了吧～～！注意只要少一個就無法完成囉～～！ＦＩＧＨＴ！ＦＩＧＨＴ！」

——川嶋亞美。她在體育館裡和女孩子一起準備裝飾用的小飾品。女孩子也因為耶誕樹的出現而興奮不已，看到男生拖來的零件就高聲歡呼並且跑近幫忙。亞美看到竜兒出現也站了起來：

「如何如何？這棵樹如何啊？領教到亞美美的厲害了吧！」

亞美露出得意的笑容。竜兒當然是低頭感謝、敬佩亞美美大人：

「領教到了，真是棵超棒的耶誕樹！我承認妳真的很厲害！」

「對吧對吧對吧～～？這個組裝起來真的超、超、超～～漂亮的！」

這棵耶誕樹來自雜誌社主辦的耶誕派對。這場提早在市中心某個話題景點舉辦的耶誕派對，主要是邀請時尚界的相關人士參加。人氣演員以及八卦女星當然受邀出席，甚至連綜藝節目的外景記者也不請自來，是場大規模的派對。

亞美擔任派對主要活動．時尚秀的模特兒。活動結束之後，她立刻主動對主辦單位表示：「人家很想要這棵耶誕樹耶♡可以免費送給我嗎～～♡」裝飾在會場正中央的漂亮耶誕樹原本也是預定丟棄，反正丟了也浪費，對方便爽快答應亞美的請求。問題是要如何把樹運到學校。

由她擔任首席模特兒的雜誌社工作人員幫忙亞美拆解樹，並且回收所有耶誕樹零件。同時也好意出車幫忙運送，將耶誕樹零件暫時搬到位於派對會場附近的雜誌社倉庫。拜託對方把樹運到學校實在太遠，可是請宅配把樹從倉庫送到學校又嫌太大，而且零件也太多了。亞美原本打算自掏腰包支付運費，但是立刻被北村發現。反對的北村表示：「這已經超出一個高中生為學校活動付出的範圍。」可是透過正式手續向學校申請經費，也只是讓微薄到教人不禁落淚的預算變得更加寒酸。

在這時候挺身而出的人，就是狩野屋老爹。為了女兒過去曾經以學生會長身分君臨天下的學校所舉辦的耶誕活動，就算是在必須工作的平日裡，他也毫無怨言開著小貨車飛奔市中

心，特地跑一趟亞美所屬的事務所，免費把耶誕樹載回來。

老爹和男同學一起抱著耶誕樹零件進來，大家更加熱情地向他致謝：

「伯父！超感謝你的！」

「不愧是大哥的父親大人！超有男子氣概！愛你喲！」

「我要和老媽說，我們家今後堅決擁護狩野屋！」

「狩野超市的魚是附近最漂亮的。蔬菜也會清楚標示出產地，並細心地讓大家看見生產者的照片。FAUCHON的香料也一應俱全。對了，前陣子那個介紹京都傳統蔬菜的活動，真的很有趣！我買了萬願寺辣椒，好吃到讓我驚訝！請務必要再進貨！啊、還有每年年底固定舉辦的鮪魚解體秀，我也一定會去！鮪魚！」

還有一名對狩野屋莫名熟悉的男生也混在其中。狩野家老爹很開心，不過他只是稍微露出僵硬的笑容，沒有繼續理會吵鬧的小鬼便轉身離開。就在這個時候——

「啊……啊——你好……」

「喔喔……」

正好遇見從教室抱來其他東西的大河。大河尷尬地對老爹點頭示意。當然尷尬，因為不到一個月前，大河才和狩野家最自豪的長女互毆到滿身是血，事後還在班導的陪同下道歉。

可是狩野家老爹果然有男子氣概，只有低聲說句：「妳看來精神不錯。那就好、那就

好。」點了好幾次頭，瞇起眼睛把曬黑臉頰的皺紋擠得更深，然後就離開體育館。

「哇啊，嚇我一跳，那個蠢會長的爸爸為什麼……」

大河眨眨眼呆立在原地，竜兒告訴她昨天才得知的情報：

「學生會裡不是有個一年級的女生？聽說她是大哥的妹妹。」

「咦？啊，這麼說來好像的確有這麼回事，我都忘了。」

呀啊～～啊哈～～嗯，好棒的樹！他們看向和一年級同學們一起騷動的豐滿女生。「真不像……」「不像吧……」兩人互相點頭，可是背後突然遭到連續敲擊，還傳來一句：

「喂喂～～不～～准偷懶！亞美美特地準備這麼漂亮的耶誕樹，快來幫忙組合！」

咚！打人的力道強到讓竜兒與大河差點站不穩——下手的人正是亞美。他們沒空抱怨亞美的暴行，因為注意到其他人開始拆開耶誕樹的包裝，所以也趕緊幫忙。

亞美將完成圖的影本發給大家，幾個人一起邊看圖，邊把拆解的耶誕樹零件翻來轉去。

「這個……啊、這是樹根。」「這是哪裡？」「應該是樹頂吧？」就好像在玩巨型拼圖。

竜兒也拿起其中一個零件：

「喔，好輕。這是保麗龍做的吧？」

「裡面是保麗龍，外面再塗上顏料。完成後的耶誕樹真的很漂亮，在燈光照射下會閃耀珍珠光澤……啊！對了對了，我還準備了聚光燈！祐作！」

亞美拋下竜兒走開。竜兒少了熟人陪伴，於是東張西望看著其他人手上的完成圖影本。

「啊、高須同學！你手上那個應該和這個是一組的！」

「哪個？喔！真的耶！」

聽到別班同學的聲音，竜兒連忙拿著手上的零件過去，將凹凸處對上，用力一壓，果然恰恰好。「剛好！」竜兒笑了，「謝啦！」對方也微笑回應。竜兒再度離開，找尋印象中曾經看過的其他類似零件。在散亂零件裡一一搜尋的同時，他想到其他事——以後無論發生什麼事，都沒辦法再用「自入魔道」這招了。

學生會長選舉時，他利用自己這張眾人害怕的黑道臉，企圖逼迫北村出馬競選，而使出「自入魔道引誘北村中計大作戰」與人稱掌中老虎的大河一起墜入魔界，扮演討人厭的會長候選人，目的就是讓所有同學討厭。

可是回過神注意到時，竜兒已經和同為籌備委員會的成員、一起準備派對的所有班級學生熟稔起來。還有大河也是。

「逢坂同學的體重很輕，可以踩在我的背上，幫忙把這個嵌上去嗎？」

「咦？要我把穿去廁所的室內鞋踩在妳背上？真的每個人都有各自的喜好……」

「不，把鞋子脫掉啦……」

大河在稍遠處和一群竜兒不曉得名字的女孩子有說有笑。老虎同學的褲襪！光腳！讓人熱血沸騰！會留下腳印喔！旁邊還有一群莫名亢奮的狂熱分子，不過姑且不管這些人。

唉，真是太好了。

竜兒真心這麼認為，唇邊揚起微笑。前天聽完大河對耶誕節的想法之後，因為大河的孤獨、自己的無力感、還有其他許多原因，竜兒一直覺得有很多話哽在喉嚨。真的有太多事想不出所以然，也找不到答案，讓人有種窒息的感覺。竜兒出門去便利商店時，仰望夜空尋找星星，邊思考邊走了一個小時。

可是現在的他總算能夠安心看著大河。大河依然站在自己無法想像的孤獨深淵，這是事實，竜兒也可以感覺到無止盡的無力感。

不過即使如此，今年的大河正和新朋友一起吵吵鬧鬧開心度過。至於明天，大河也將和大家、和北村一起開心度過。當然我也會在場，我要繼續邀請実乃梨參加。

大河並不是一個人——這點讓竜兒很開心、很感激，在這麼忙碌的時刻，他還是停下腳步看著拚命組裝耶誕樹的大河，也想起狩野屋老爹的溫暖眼神。對了，還有單身（30）也在。並非所有大人都捨棄大河。即使他們不會像父母親那樣守護她，但大河確實擁有為她著想的同伴。太好了——竜兒在心裡如此說道。

即使這十七年來看著她的「某人」已經不復存在，但是今年的耶誕夜還有大家陪著她。而且今年的耶誕節還有我、泰子和小鸚。我會做好滿桌的大餐，找大河來家裡一起吃。

不管世界多麼殘酷，今年的大河都會帶著笑容。她絕對是閃亮幸福場面裡的一分子。大河已經不再需要一個人佇立耶誕樹下等待「某人」。今年將在明天、在喧鬧歡笑聲中和大家一起共度夢想中的耶誕夜。

然後隔天的耶誕節，將會在高須家裡吃大餐。緊接著是過年前夕，在竜兒忙完令他心中燃起熊熊火焰的「大掃除」後，除夕夜要和泰子一起躺著看無聊的綜藝節目直到深夜，然後以沉靜的心情迎接新年到來。一年之計在於元旦。在除夕的鐘聲之後，就是明年第一次日出。沒錯，再過一個星期就是新年。在這麼忙碌的時節裡，根本沒時間讓大河感覺到孤單。

一開始竜兒是為了自己和実乃梨的耶誕夜而努力，當然這還是眼前最重要的課題——竜兒想看到実乃梨的笑臉，才會這麼拚命。不過到了現在有另一件同樣重要的原因，那就是竜兒也希望大家的笑容能夠為耶誕夜添加繽紛色彩，讓大河度過一個快樂耶誕。

為了実乃梨，也是為了大河，還有自己、亞美、學生會的成員、籌備委員會的成員、能登、春田、所有人、所有在這裡以及不在這裡的人。

所有人都要得到回報，所有人都要感到快樂。竜兒腦中浮現了像是接力賽的過程：某人祈求另一個人的幸福。當某人得到幸福之後，另一個人笑了，在旁邊看著的人也笑了。幸福的接力棒不斷傳遞，繞了一圈終於完成比賽。只要少了一個人就無法繞圈，因此竜兒也在拚命傳著接力棒。

他笑著把手中的夢幻接力棒——

「大河！這塊應該是妳那邊的！」

「等等等……竜兒！你搞什麼、很危險耶——！」

大河正在某位女生背上組裝耶誕樹比較高的地方。竜兒找到同樣形狀的零件，於是丟了過去。看到大河想要接住卻失去平衡，女孩子紛紛責備竜兒：「高須同學！」「討厭耶，好好做不行嗎！」嘻嘻嘻！從地獄裡爬出來的修羅鬼臉——當然竜兒只是在開玩笑，已經沒人會害怕他了。「噫！」幸好他沒注意前方有一個不曉得發生什麼事的男生，被他的凶相嚇得喘不過氣。

慢吞吞的學生會成員終於搬來幾張梯子，一口氣加快進度。眾人漫無計畫地從能夠分辨的部分開始組裝成堆的零件，總算一點一點拼出該有的形狀。

「哇啊……！有夠大！」

「真的好大！」

耶誕樹的高度來到必須用梯子才搆得到的位置，應該有三公尺以上。失戀大明神兼學生會長北村負責爬上伸展到極限的梯子，進行膽顫心驚的組裝作業。「那個不對。」「呃……」「那個也不對。」「喔……」清楚耶誕樹完成模樣的青梅竹馬，則是在樹下指導北村慢慢組合出複雜的樹頂。

帶著珍珠白光澤的耶誕樹不僅高度驚人，形狀有如裙子的圓錐幅度也很寬。像拼圖一樣組合起來的成品，看來就像用拳頭大小的立方體堆疊出來的變形耶誕樹。大家圍著耶誕樹，把手工裝飾品、燈串、緞帶，還有繫著鈴鐺的釣魚線一圈一圈繞上耶誕樹。細心做出來的銀藍色基調裝飾品，相當能夠襯托耶誕樹的珍珠白。只要掛上一起搬來的巨大球形飾品（銀玉與金玉！）看來就顯得更加華麗。因為有女孩子在現場，所以就沒有哪個蠢蛋再說出低級的笑話（不過還是金玉！）。

大河對著裝上最後零件的北村說道：

「北村同學——！這個是我從家裡帶來的！是我家耶誕樹的！請把它裝在樹頂！」

「啊，喂喂，別用丟的！我下去拿！」

爬下梯子的北村湊近大河手中的紙箱一看，不由得睜大眼睛說道：

「真的可以嗎？這麼漂亮……該怎麼說，看起來很貴……」

大河開心地點點頭：

「可以可以。我從家裡帶到現在住的地方，可是有點太大了，沒辦法裝在我現在住處的耶誕樹上。」

北村小心翼翼從箱子裡拿出來的東西，是比大河的臉還要大上許多、帶著些許冷硬光芒、形狀複雜的透明立體星星飾品。「哇啊……！」女孩子因為它的美麗而驚叫出聲，「哇啊……！」竜兒也若無其事地混在女生之中閃耀著邪惡之眼。

「這是我最喜歡的水晶裝飾品，擺著不用反而浪費。沒關係，就把它裝上去吧？」

「好！我會小心幫妳裝上去的！把妳最喜歡的星星裝在樹頂！」

北村再度攀上梯子，牢牢地把大河的星星裝在耶誕樹頂端。輕輕放開雙手確認是否穩固，還伸手戳戳看會不會掉落。全部確認過之後，北村推著眼鏡點頭說道：「ＯＫ！」竜兒看到大河臉上放鬆的微笑。兩人偶然四目相對，「嘿嘿～」大河害羞地露出笑容，並且開心地扭著身體。已經ＯＫ了，就隨妳要害臊還是扭捏吧。

接下來──

「延長線，裝設完畢！」

「插座，裝設完畢！」

「好，關掉體育館的燈！」

體育館的照明隨著北村的話從入口一個接著一個熄滅，黑色窗簾也全部拉上，黑暗緩緩降臨冰冷的體育館。

所有人不發一語，站在原地仰望耶誕樹。準備工作的疲憊，加上「希望能夠順利」的祈禱，讓全體眾人失去聲音。

「電源，開啟。」

幾個電源開關發出啪滋啪滋的聲音，黑暗中終於有了光芒——

竜兒的脖子打了一個冷顫，彷彿電流竄過。

仰望的大河眼中閃著喜悅的光輝。

亞美小聲說道：「太好了……」

從光亮裡浮現的幾張臉上，同時綻放滿臉的笑容。在片刻的沉默之後，有人開始鼓掌，掌聲彷彿互相呼應般愈來愈大。「幹得好！」「完、成、了——！」「太棒了太棒了，超美的！」處處響起歡呼聲。開心、興奮、鼓掌、歡呼，還有笑容。竜兒也吹起口哨，用力鼓掌，和來到他身旁的北村擊掌並且大喊「太好了！」然後一起擺出勝利姿勢。乾燥的嘴唇笑到快要裂開，連北村也笑到眼鏡滑下來。

在黑暗中閃耀光芒的耶誕樹真的很美。

從下往上照的白色燈光，讓整棵樹閃耀出亮麗的珍珠光芒。纏在上頭的燈泡閃著黃色光芒，掛在樹上的裝飾品也因為反射閃閃發光。大河的星星正在頂端閃爍著眩目的耀眼光芒，彷彿蘊含一切光輝的真正星星，照耀因為耶誕節的到來而歡欣鼓舞的世間萬物。

就在這時候——

鏗鏘！一聲尖銳的破裂聲響起，黑色窗簾晃了一下，室外的光亮突然射進體育館。

有名女生發出尖叫，好幾個人也因此嚇到，四處傳來跌倒的聲音與震動。真的，一切真的就發生在一瞬間。

白色的影子以驚人之勢畫過黑暗，打中耶誕樹的頂端。驚人的聲音同時夾帶著慘叫聲，所有光芒頓時消失變暗。由於巨大耶誕樹還要搬到別的地方，因此尚未固定。結果耶誕樹就在本身重量的帶動之下順勢傾斜、往一旁倒下。裝飾品散落一地，嵌上去的零件四散，發出好幾聲破裂的聲音。

沒有人知道發生什麼事，也不想看到情況變成如何。碎片甚至飛過竜兒的臉頰，竜兒反射地閉上眼睛。

沒有人說得出話來。

「燈……開燈！照明！快點快點！」

只有北村焦急的聲音獨自在寬闊的空間迴響。體育館內的照明以關燈時的相反順序一盞一盞亮起。面對眼前的慘狀，所有人瞬間失去表情。

剛組好的耶誕樹，已經整個倒在地上。

裝飾品散落一地、被扯下的電線像條死蛇、四處都是保麗龍碎片，構成耶誕樹形狀的零件也碎裂成好幾個。

還有裝飾在頂端，大河的星星——

「啊……不會吧……騙人！騙人的吧……」

大河跑上前去跪在地下，正想要伸出手——「笨蛋！危險！」亞美拉住她的手肘。從三公尺高處掉到體育館堅硬的地上，水晶製成的星星飾品破了。尖銳的碎片閃著悲慘的光芒，如果亂碰將會輕易割傷大河的皮膚。

到底發生了什麼事？

黑色窗簾另一側愈來愈暗的天空，彷彿在對眾人說明原因——窗戶的玻璃破了，碎片散落在距離耶誕樹有段距離的地方。竜兒心想，幸好碎片沒有掉在任何人頭上。想是這麼想，可是嘴巴發不出聲音。

就在此時，體育館的門被人用力大聲打開，接著是幾個人的嘈雜腳步聲，還有悅耳的女聲：「對不起——！有沒有人受傷——？」

竜兒轉頭看到開口說話的人——正是穿著髒兮兮球隊制服的実乃梨，後面跟著兩名穿著同樣制服的少女。然後——

「……」

走在前面的実乃梨有如凍結般說不出話來。

一顆壘球孤零零躺在地上，恐怕就是——不，它正是打破窗子、弄倒、破壞耶誕樹、打碎大河星星的凶手。

對不起。実乃梨的嘴唇終於像是顫抖般動了起來，不停反覆、重複這句話。然而她沙啞的聲音沒有傳進任何人耳裡。時間已經無法倒轉，而女子壘球社社長意外打出的界外球，也無法當作從沒發生過。

＊＊＊

「小実，好了啦，這是意外，沒辦法的。」

「不……對不起……對不起，真的對不起……」

女子壘球社全體在體育館裡集合，幫忙修復遭実乃梨破壞的耶誕樹。「社長闖禍，就是全體社員闖禍！非常對不起！」她們齊聲鞠躬道歉。這群運動少女整齊劃一的行動，端坐在角落圍成圓圈，沉默地挑戰立體拼圖。用接著劑把壞掉的耶誕樹零件黏回原狀、解開糾纏在一起的裝飾品、修復壞掉的裝飾品。籌備委員會與學生會成員則是在體育館中央重新組裝耶誕樹。壘球社成員沒見過耶誕樹完成的樣子，讓她們幫忙組裝反而費時，因此無論実乃梨如何低頭要求，北村也堅持不讓她們組裝耶誕樹。

実乃梨遠離壘球社的女孩子，也遠離正在重組耶誕樹的人，一個人坐在舞台下。大河與竜兒走過來出聲喊她。她仰望兩人的臉，又看看社員們的臉：

「拜託你們讓我補償。大河也別管我，一切都是我不好……啊——我真是……糟糕透了

「……唉……」

真是的，到底在搞什麼——嘴唇已經咬到發白。

痛苦地自言自語的実乃梨手上，拿著大河的星星碎片與接著劑，想要修復形狀原本就很複雜的星星。大河蹲在実乃梨身邊，看著她逞強的側臉：

「小実沒有責任，絕對沒有。這只是倒楣的意外。」

「不，我有責任，錯在我不應該發呆。這不是意外，都怪我打出那種球，是我的失誤、失敗，我沒辦法集中注意力，都是我的錯。星星……真的對不起，罪該萬死的我，弄壞了大河最重要的東西……可能沒辦法恢復原來的樣子，可是……對不起……我也對不起大家……對不起。」

実乃梨用壘球制服的袖子粗魯地擦過自己的臉，然後低下頭。她的背因為深呼吸而上下起伏，同時也在緩緩顫抖。

不知所措的大河抬頭看向一旁的竜兒。不過就算是竜兒，在這種情況下也不曉得該怎麼辦才好。

已經接近規定的離校時間，老實說情況非常糟糕。大家都知道整件事是個意外，也沒人責怪実乃梨，可是又能怎麼辦，老師嚴格規定全體成員必須在離校時間之前離開學校。要是今天來不及準備妥當，明天的派對就危險了。大家心裡雖然著急，但是沒有任何責怪，連壘球社成員也在幫忙善後。關於這些事，実乃梨的心裡再清楚不過。

假如有個人情緒性地生氣、怒吼、哭泣甚至是打她也好，這樣実乃梨還會覺得比較好過。必須自己責怪自己，想必十分痛苦。在她原諒自己之前，不會停止對自己的否定、厭惡與斥責，罪惡感也不會就此消失。

実乃梨穿著球隊制服坐在冰冷的體育館地板上，眼眶泛紅、低著頭吸著鼻子、手指的顫抖並不是因為寒冷。

大河對実乃梨伸手，手卻停在半空中猶豫不已，不由得握緊、張開好幾次。她突然站起，看著竜兒的臉說道：

「那就讓竜兒幫妳，好嗎？」

大河推推竜兒的背，可是——

「不行！」

実乃梨突然尖聲拒絕，竜兒僵在原地，大河也僵住了。她的聲音聽起來就像慘叫。

「不行！不要！不要那樣！」

她繼續尖叫。

実乃梨不讓任何人靠近，低頭埋首於無止盡的拼圖作業。

沒有笑容，沒有快樂的耶誕節氣氛，只有沉重的沉默像是冷冽空氣中降下的鵝毛大雪逐

漸堆積。

準備到底來不來得及，這點還很難說，現在只知道一件事：実乃梨不參加派對的原因又多了一項。竜兒低頭看著実乃梨，閉上有些疲憊的眼睛。他能夠忍耐遭到拒絕的疼痛，但是無法坐視難過尖叫的実乃梨不管。

大河沒有說話，只是來回看過実乃梨與竜兒，咬著手指再次看向竜兒的臉。四目相對時，大河輕輕用下巴指了幾下，彷彿在說：「這裡就交給你了。」於是便搖晃長髮，轉身回到重組耶誕樹的成員身邊。

竜兒目送她的嬌小背影，束手無策地站在実乃梨身旁。

「……高須同學也過去幫忙，讓我一個人把這個完成。」

吸了一下鼻子，眉毛撇成八字的実乃梨還是勉強擠出笑容，但是竜兒不打算離開。

即使束手無策，他還是決定不離開。

「夠了，交給我，這種東西我最拿手了。」

「高須同學……」

「再說妳也不知道這個原本長得什麼樣子。不喜歡我幫妳，妳可以當成沒看見。」

竜兒不容分說便坐在実乃梨旁邊，快速看過所有碎片，找到兩片比較大的——「喔，就是這個。」以仔細、謹慎、迅速的動作用接著劑黏起來。

「高須同學，你別動手，讓我負起責任吧。你這樣幫忙，我……」

「沒時間了。妳用妳的方式負責，我也有我的做法。我不是在幫妳，而是為了自己。」

実乃梨的臉上表情瞬間像是快要哭出來，不過她還是想盡辦法忍住，緊緊咬著嘴唇。兩人之間沒有對話。和喜歡的女孩子距離這麼近，甚至感覺得到她的呼吸，但是這裡太冷，冷到連心臟都快停止跳動。即使會被討厭，竜兒仍然待在実乃梨身邊。

在大河停學的期間，兩人幾乎沒有交談。準備考試時，大河在家庭餐廳說過，実乃梨是在躲避竜兒。竜兒與実乃梨有好一陣子遇不到彼此。而眼前的不幸，更是清楚畫出兩人之間的鴻溝——明明近在眼前，視線與聲音卻無法傳遞。

最近這陣子，每天都覺得有種距離感。

即使如此——不對，正因為如此，竜兒更想待在実乃梨身邊。因為距離太遠、因為不了解、因為沒辦法讓對方了解，所以只能這樣死纏爛打。如果對方閃躲，就要追上去；如果擦身而過，就要努力挽回；狀況惡劣就想辦法恢復；像這樣不自然地勉強待在她身邊，把手伸向遙遠的心。這一切對竜兒來說，就是所謂的「戀愛」。就算伸出手的人只有自己，但既然是單戀，這麼做也是理所當然。即使実乃梨表情僵硬、嘴唇發青、像是快哭出來一般不停自責，竜兒仍然願意伸出自己無能為力的手，祈求總有一天能夠搆到。當自己不再伸出手時，就代表這段戀情已經結束。

竜兒手裡拿著碎片，尋找其他形狀符合的碎片，小心塗上接著劑，將碎片牢牢黏在一起。擠壓固定一會兒之後，忍不住點點頭。

或許這麼做會讓実乃梨感到困擾，但是竜兒真的不想被討厭，因此他盡可能靜靜屏住呼吸，希望実乃梨忘記他在身邊。

正當他這麼想著時——

「高須同學……」

「嗯？」

実乃梨低聲呼喚竜兒的名字，仍然低著頭沒看他。

「高須同學、高須同學……」

「我在聽喔。」

「高須同學……」

「我在喔。」

——実乃梨反覆叫著竜兒。

竜兒一一加以回應，沒有聽漏一句。只要実乃梨出聲叫他，他永遠都會回答；如果実乃梨對竜兒伸出手，竜兒永遠都會握住。

竜兒手上的接著劑再次輕輕塗上一塊碎片。大河破碎的星星，一點一滴恢復原來的樣子。雖然和摔碎之前不太一樣，星星仍然在發光。

竜兒舉起完成一半的星星，迎著體育館的照明。耀眼的光芒讓他眯起眼睛。竜兒望著為了在幸福耶誕節閃閃發光而誕生的星光、這個象徵快樂的光，不禁微笑起來。他伸手好讓実乃梨也能看到，並且輕聲說道：

「妳看，很美吧？就算壞掉也可以修好，打起精神來吧。」

「沒辦法變回原來的樣子……」

「不過還是在發光。」

「我……」

実乃梨的聲音像是沉在水裡般不穩定。竜兒假裝沒有注意，等待她繼續說下去。

「我不知道……能不能變回原來的樣子……」

「可以的。」

竜兒強而有力地加以回答，眼睛看著發光的星星。這是照耀幸福的光芒，実乃梨應該也能看見。竜兒想要讓她看得更清楚、更確切，想把幸福的光芒送到実乃梨面前。

無論壞掉幾次，仍然能夠恢復原狀的東西——舉例來說，就是竜兒對実乃梨的心意。就算那是個因為細小誤解或想像就會輕易損毀、死去的脆弱心靈，只要有了実乃梨的笑容和話語，無論幾次都能復原重生。

就算壞掉也可以修好。

每次壞掉，只要重做就好。

所以壞掉沒有什麼好哭的。

「不要緊——無論壞掉幾次，我都會修好。」

眼前高舉的光芒就是開關，只要打開開關，膽小的內心深處就會亮起點點星光。

在心中閃爍的獵戶座，給了竜兒的身體無限力量。

他以這股力量緊握住要傳給実乃梨的接力棒。為了接過実乃梨傳過來的接力棒，竜兒必須伸出另一隻手，做好起跑準備。輪到竜兒時就加速、心跳加快、眼睛閃閃發光。迫近眼前的速限，阻擋不了滿溢到極限的思慕。

伸出的手不是只有等待，在傳出接力棒、接過接力棒後，他想要大叫：妳也快跑啊！他想讓実乃梨看看，並且由衷想告訴実乃梨自己心中的世界，還有無限的星星，以及絕不會壞掉的東西是什麼模樣。因此我不希望妳半途而廢，和我一起跑完這場接力賽。

單戀櫛枝実乃梨已經超過一年半，竜兒終於想要告訴她。

結果大約花了一個多小時，才姑且把耶誕樹修復到接近原來的樣子。実乃梨與竜兒雖然

修好大河的星星，但是接合的縫隙很明顯，看起來好像馬賽克飾品，可是大河卻笑著說：「這樣就可以了，比原來的還可愛。」然後緊緊抱住実乃梨、摸摸她的背。把頭埋進大河頭髮裡的実乃梨馬上離開，對著籌備委員與學生會成員鞠躬道歉：「真的很對不起！」接著轉向排成一列的壘球社員，再一次鞠躬道歉：「有這種社長，真是對不起……」

女子壘球社全體再次一起行禮，小跑步離開體育館。

毫不遲疑的竜兒從後面追趕実乃梨，終於在靜悄悄的走廊追上她，拍了一下她的肩膀。

実乃梨驚訝地回過頭，竜兒盡可能以開朗的語氣說道：

「明天要來喔！派對一定很好玩！我想和妳一起度過！」

「……」

実乃梨的喉嚨發出像是喘不過氣的聲音，但是竜兒沒有退縮：

「假如妳沒有什麼預定行程，我希望妳能過來！」

「……」

竜兒等著実乃梨再叫他一聲高須同學，等著她用沙啞的聲音呼喚。

可是——

「……不行，我不能參加。」

実乃梨沒有叫他的名字。她只是停下腳步，堅定搖頭拒絕。在昏暗閃爍的日光燈底下，甚至可以看出她的臉色有些發青。

「我惹出這麼大的麻煩，怎麼有臉參加？」

「我會等妳的！」

「……別等我，我不會來的。」

「我會等妳！」

竜兒不在乎其他社員的視線，朝著実乃梨的背後，像個跟蹤狂似的大喊。管他是沒出息還是丟臉，即使自己臉紅得像是地府的紅面閻王，仍然阻止不了奔流湧出的愛意。開關一旦打開，就再也關不上了。

＊＊＊

十二月二十四日，下午四點。

早上的結業典禮結束之後，大家各自吃過帶來的便當，接著便全體總動員，開始拚命進行派對的準備。此刻的學生會與籌備委員會的成員全部在體育館集合，站著看負責消防安全的老師，手拿規定手冊一一仔細確認打勾。如果有哪一項不合格就糟了——心裡七上八下的人並不只有竜兒一個。

「好，確認完畢，嗯……打圈，全部沒有問題。」

「耶——！」「布置完畢！」聽到等待已久的答案，眾人大笑歡呼，終於可以放心。

「那麼我由衷希望各位不要造成問題。萬一發現喝酒或抽菸等違反校規的行徑，將毫不留情一律退學，聽到了嗎？特別是大明神，你可要負起責任，確實監督管理喔。」

「了解！」

北村一面敬禮一面回答，敬禮的對象是我們稱為「單身（30）」的戀窪百合（正在找房子）。高雅有光澤的灰色褲裝，搭配不受好評的白金首飾；頭髮高高挽起，比起平常帶著一點中性風格。學生們的心情因為得到許可而放鬆，一年級女生甚至對單身（30）開玩笑：

「百合老師今天感覺好時髦喔！」

「該不會是要去約會吧——？」

呀啊——！和男朋友共度耶誕夜！一旁的學長姊冷靜地以眼尾瞄了一眼興奮不已的學妹。只要和戀窪百合夠熟的學生都很清楚，這位三十歲的老師根本沒有一起度過耶誕夜的對象。更別提那位原本很有希望的對象，最近才因為水星倒轉的關係失去，大家還是記憶猶新。接下來聽到的答案，更加應證學長姊的想法。

「我沒有約會，待會兒要去參加『專為單身女性設計的房地產講座』。因為老師我正準備要買房子……會費一千五百圓……」

意料之中——特別是竜兒。單身（30）以深棕色系彩妝武裝自己的模樣稍微有點刺激，他不由得移開視線。

「咦……？房、房地產……？」

「選在耶誕夜……？為什麼？」

十五六歲的少女們怎麼想也想不透，為什麼理應和黃金單身漢共度的快樂耶誕夜，竟然會想到房地產？而且還要付會費？這已經超出她們的理解範圍。

「那是因為有對象可以共度耶誕夜的女性尚未做好覺悟，遇上理想物件突然出現時，就會來不及迎擊。故意把講座排在今天也算是第一道關卡，是單身又想買房子的女性資格最初審核……這樣解釋明白了嗎？」

「啊……」

「呃……」

「那麼感覺利率已經探底，老師該走了！啊，值班老師會一直待在教職員室裡，所以開場之前和閉幕之後，一定要過去打聲招呼喔。」

「是！」眾人重振有些萎靡的士氣，齊聲有精神地回答。單身（30）也因為學生們的活力稍微滋潤心靈，放鬆緊繃的眼角。而且在臨去之前刻意走過竜兒的身邊，笑著說聲：

「耶誕樹弄得很漂亮喔，太好了。考試成績也有進步，老師很高興～～你們的努力一定會

獲得回報。」

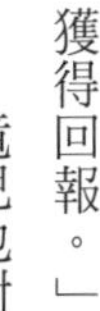

竜兒也對單身班導露出微笑：

「十分感謝！老師也一定能夠找到好物件！」

「啊……嗯……謝了……」

等著瞧，我一定會得到回報！

竜兒仰望單身（30）也大力讚賞的耶誕樹，暗地裡下定決心。有些不穩地立在體育館正中央的耶誕樹，不但巨大又很華麗，而且實在非常豪華。用接著劑黏起的零件接合表面經過剉刀的仔細修磨，從外表看不出這顆樹曾經倒下。頂端是大河的星星，這實在是太完美了。

完美的不只耶誕樹。從高處打下的白色、藍色聚光燈照亮會場，在空中交錯調整位置。燈光一關，整個會場在聚光燈的照射下，絕對會變得很羅曼蒂克。另外，全體要做糞便檢查並不是白費力氣，水果雞尾酒吧台、三明治區、水果區、餅乾和小點心區，全部色彩繽紛地排列在牆邊。供應飲食當然是籌備委員會的工作，但是提供餐點的是間知名宴會外燴公司。這也是多虧亞美的拜託，該公司才願意免費贊助，就連裝盛食物的餐具也是免費。至於交換條件就是必須抽樣調查試吃感想。

「那麼！」北村在成員中間大聲說道：

「經歷各式各樣的麻煩之後，派對準備，總算到此完成！各位辛苦了！我這個失戀大明

神的企畫居然得到這麼多協助，真是非常感謝！雖然還有一點工作，不過敬請各位今天火力全開、盡情享受！還有亞美，感謝妳幫忙調度耶誕樹以及食物，謝謝妳！」

「討厭，這根本沒什麼～～！」亞美在齊聲鼓掌之中睜大眼睛。

「又來了又來了，蠢蛋吉真是……竜兒？」

「……」

「你還好嗎？」

「咦？什、什麼？」

聽到旁邊大河的聲音，竜兒也眨動眼睛，他的樣子一點也不像不要緊。這幾個小時的確持續肉體勞動，但是──

「你的眼神感覺好空洞……看不出來你在看哪裡，好恐怖喔。怎麼了？我知道你因為昨天的事情而擔心小実，可是你必須拿出幹勁啊！」

「不對，正好相反，我現在非常有勁。妳看，會場這麼完美，準備如此萬全，剩下的只要讓櫛枝出現在這裡！可是這才是最大的問題所在。今天我也是一直邀請她過來，她還是只回了一句『對不起』。」

大河若有所思地雙手抱胸說道：

「如果沒有昨天的意外，情況可能會比較簡單一點。嗯，不過你既然這麼有幹勁……別

擔心，你繼續保持幹勁就好，其他事就交給我天使大河吧！」

「妳有什麼具體打算？」

光有幹勁只是空談——竜兒多少還是有自覺。大河看著他悠哉地比了個V字手勢：

「別擔心，沒問題的。我還有計謀。」

兩人的竊竊私語一下子就被周圍湧起的嘈雜聲淹沒。北村在開場之前先讓大家解散，有些人回家換衣服、有些人回教室換帶來的便服、有些人想趁機休息一下，成群結隊地回去教室或朝商店走去，大家聊著天各自離開。

派對預定從下午五點開始。活動流程是五點開始參加者入場，五點半北村致詞，然後派對正式開始。可以遲到也可以早退，總之大家自由享受。閉幕致詞是七點半，八點以前讓所有人回家。籌備委員與學生會成員將於明天早上八點集合處理善後。

因此距離派對開始還有一個小時，這下子該怎麼辦？竜兒站在原地，北村則是輕碰竜兒的手說道：

「高須和逢坂接下來有什麼打算？學生會接著要準備報到處。啊，你們要不要來幫忙？如果可以就太——感謝了！」

「是嗎？我是無所謂。」

把下巴抵在北村肩上的亞美突然探出頭：

「爛好人快拒絕。祐作就只知道利用人，這種人成不了大器喔～～！」

「吵死了——亞美呢？要來幫忙嗎？」

「開玩笑，人家要回家換・裝・去♡那就開場見了～～！」

大河也拉住竜兒的袖子，跟著亞美離去的背影：

「對不起，北村同學，我們也要回家一趟。走吧，竜兒！」

「咦？回去幹嘛？我穿制服就好……」

「少囉嗦，回家就是了！用跑的！快點！那麼待會兒見！」

竜兒幾乎一路都被大河拖著走。到底要回家做什麼？就算問了大河也是當做沒聽見、不回答。被耶誕老人看到妳忽略我的問題，這樣真的好嗎？

就在抵達大河家的入口大廳時，大河對竜兒下達莫名其妙的指令：

「回家之後馬上打開你的房間窗戶。」

「為什麼？」

「別管那麼多，照做就是！」

竜兒滿心不解地回到家裡——

「我回來了。」

「啊☆你肥來啦～～！成績單發了嗎～～？」

竜兒把成績單拋給悠哉窩在暖桌裡的泰子，「呀啊～～☆」泰子發出不曉得是好是壞的大叫。竜兒遵照大河說的話，爬到床上打開朝南的窗戶。窗戶另一頭是大河家的大樓，正好面對大河的寢室。

「拿去！」

「喔！」

喀啦！大河也打開窗戶，把一人環抱大小的盒子塞給竜兒。竜兒立刻用雙手接過來。盒子不像看起來那麼重，但還是讓人嚇了一跳。

「這、這是什麼？真是的！很危險耶，妳這樣太亂來……」

「馬上把盒子打開，看了就知道。我三十分鐘之後過去。」

大河語畢便猛力關上房間窗戶，連窗簾都小心翼翼拉上。被拋下的竜兒一個人……不，不是一個人。

「什麼東西什麼東西？怎麼回事～～？那是什～～麼？」

「大河丟過來的……叫我打開看看……」

「好大的盒子，會不會是點心啊～～？」

竜兒與泰子面對面坐在地上，打開大河丟過來的神祕盒子。母子兩人用手抓著盒蓋一起打開。

「喔……哇啊……☆」

「喔……喔……☆」

兩個人一起闔不攏嘴，也同時睜大眼睛說不出話來。只有這種時候，泰子和竜兒才會變得一模一樣，完全表現出高須家的基因。

聽到開門聲，玄關也傳來平常沒聽過的高跟鞋聲響。接著是大步踏進客廳的腳步聲，就好像把這裡當成自己家一樣。

「咦？竜兒？泰泰？你們在哪裡？」

「這邊——！洗手間！」

聽到回應的人從客廳走回走廊，把頭探進門沒關的洗手間，然後兩人互相指著彼此：

「啊！」

「喔！」

不由得發出短促的叫聲。正蹲在照鏡子的竜兒腳邊，收拾吹風機的泰子注意到大河來到，抬頭一看立刻歡呼：

「哇～～喔☆」

然後笑著說道：

「很棒很棒～～大河妹妹好～～可愛喔！」

還輕輕幫大河整理一下毛皮外套的領口。

竜兒找不到該說什麼，任由詭異雙眼閃爍危險的光芒。

大河在這三十分鐘之內，從嬌小的高中女生搖身一變成為派對淑女。瀏海斜斜固定，波浪長髮挽起之後更加突顯她的雪白額頭；用黑色眼影增加深度的水亮眼睛與紅色唇膏更是襯托她的美麗。大河平常的臉蛋就是精緻有如洋娃娃，畫上淡妝之後更添女人味，讓原本深邃的輪廓更加明顯，進化成華麗的美貌。

稍微透明的絲襪，配上全黑的洋裝；長度只到膝上的裙襬雖然樣式簡單，卻是由美麗的漆黑絲綢製成；平坦的胸前以層層疊疊的皺摺加以掩飾，無須竜兒多操心；亮澤的黑色手套配上罩衫式短版狐毛外套、黑珠流蘇包包、還有比纖細脖子更引人注目的珍珠短項鍊——大河簡直是無懈可擊。無論任何人從任何角度來看，都會覺得她的打扮美麗又時髦，穿著這樣參加學校的派對簡直就是浪費。美麗女孩的唇邊露出一抹淡淡微笑：

「太好了，尺寸剛好。」

另一方面，從某個角度來說，竜兒的穿著參加學校的派對也是浪費。

大河丟過來的盒子裡裝著一套黑西裝。聽從泰子的建議，領帶稍微打得鬆一點，三顆釦

子只扣正中間一顆；瀏海難得用髮蠟往上抓。泰子稱讚很帥的竜兒也變身成王子——就好像黑社會的貴公子，適合少幫主或黑幫繼承人之類的稱呼。

竜兒的臉雖然長成那樣，但是剪裁合身的西裝真的很棒，顏色也很高雅，雖然是黑色卻一點也不像喪服。

「借借借、借我穿，這這這、這樣好嗎？我我我、我一直結巴個不停……」

看起來很昂貴的西裝，讓竜兒不斷舔著乾燥的嘴唇猛結巴。大河卻是一副沒什麼的表情，聳了聳披著皮草的肩膀說道：

「不是借，是給你的。」

「給我？內裏繡著R.Aisaka（註：逢坂陸郎的羅馬拼音）喔！」

「我離開家時對搬家公司說：『把衣櫃裡的東西全部搬來！』結果就連這套也一起送來。別擔心，那一定是某人送那傢伙的禮物，卻因為尺寸不合又懶得修改，才會丟著不穿。如果介意就把字拆掉、湮滅證據就行了。」

「那混蛋不要的東西，我才不要。」

「是Gucci的喲。」

「嗚……」

「你要是不穿，就只有把它扔了。」

「太、太、太、太浪費了！算了！拿拆線剪！湮滅證據！」

嗯嗯——泰子也一起點頭贊成。喀嚓！竜兒剪下名字縫線扯掉之後，正式得到一套少幫主西裝。一方面是大河難得的好意，二方面是扔掉也太浪費了……竜兒如此說服自己，興奮地再照一次鏡子。鏡子裡有個絕世美男子！很抱歉，當然不可能，不過還算不錯——長相有魄力，穿著也很得體……或許、應該、也許、可能是這樣吧。這是竜兒自己的想法，其他人怎麼看就不得而知了。

大河看著鏡子裡的竜兒，櫻色的嘴唇微笑說道：

「這樣就算準備完成。不過最重要的是——還記得嗎？你今天晚上之所以穿成這樣，是因為有件非做不可的事。我絕對不會妨礙你們，總之你就放心相信我。最後這句話我只有今天才說——今天的高須竜兒比平常更優一點，外表也很不錯，抬頭挺胸昂首闊步吧！」

今晚的妳也很美。

……說不出口。欲言又止的竜兒嘴唇發抖，一時之間無法直視大河的臉。聽到大河的話，他低下頭在喉嚨深處小聲對自己說道：害羞什麼啊，混帳東西！大河明白竜兒是在難為情，所以呵呵笑了起來。

——知道該做什麼了吧？

為了讓大家都得到回報、為了讓每個人用笑容迎接明天，我們要開心度過這個耶誕夜。

少一個人都不行，一起完成幸福接力賽。我還沒放棄找実乃梨參加，所以傳了簡訊，也打了電話。既然天使大河說有對策，我就姑且相信她吧。對了，還有失戀大明神的神力。

「好……！」竜兒在簡陋的洗臉台前緊握拳頭、鼓起幹勁。大河不知道是想到北村還是耶誕老人，眼睛閃閃發亮。

「對了～～☆嘿嘿嘿～～泰泰也賜予你們大人的魔法～～！」

泰子笑著看了兩人，哼著歌雀躍走出狹窄的洗手間，回到自己房裡拿來紫色小瓶子和一個舊皮盒。泰子首先面對大河：

「恕我失禮了～～！」

「哇——！」

泰子壓了一下小瓶子，在自己的指尖噴上液體，把手在空中揮了幾下之後，伸進大河的洋裝裡面。竜兒愣住發不出聲音——母親當著他的面前，伸手在大河空無一物的乳溝上來回摸了兩下。過了一會兒，一股帶著不可思議暖意的沉著香味飄至鼻尖。

「嘿嘿，這是香水～～☆和淡香水不一樣，味道比較濃，只要擦一點～～點在肚子或胸口之類溫暖的地方，保證不會有問題喲～～☆」

「謝……謝謝。哇，真好聞的味道……噴上真正的香水，自己好像也變成大人了！」

哪裡像大人了？大河像小動物般鼓動著鼻翼，笑著仰望泰子。泰子也顯得很開心：

「和大河妹妹的味道混合之後，在派對開始時應該會散發剛剛好的淡～淡香氣～～！嗯，然後是小竜，這個借你～～！啪噠～～！」

在竜兒面前打開的小盒子裡，裝著國內廠商製造的樸實男錶。不花俏的外型顯得堅固紮實，找不到一點生鏽或汗漬。秒針還在動，時間也很準。老舊歸老舊，但是看得出來保養得很好。啊！竜兒想到某種可能。

「這該不會……是、老爸的……？」

「才不速☆」

泰子乾脆地打破兒子的浪漫想像，悠哉地笑道：

「以前泰泰離家出走時，拿了不少家裡值錢的東西～～譬如和服～～綴有寶石的和服腰帶釦～～戒指～～所有閃閃發光的東西全部帶走～～當時也拿了這支手錶，哪知道拿去當鋪估價才發現不太值錢，所以啊～～泰泰捨不得賣掉，就不知不覺留到現在了～～」

「其……其他東西呢……」

「全～～部，都在小竜三歲之前賣掉了☆」

聽到母親過於辛苦的人生，竜兒不由得說不出話來。「其實啊～～如果爸爸的勞力士還在就好了～～一定很適合喔，和另一只鑲鑽的是一對……」泰子邊說邊將手錶戴在竜兒手上。尺寸剛剛好，意外冰冷的不鏽鋼也讓竜兒的心臟「噗咚！」跳了一下。

「也就是說，這是外公的東西……這算……贓物吧……！」

「答對了～～！哇啊～～！好適合好適合！小竜戴起來好好看～～！啊～～太好了，幸好泰泰沒有隨便把它賣掉～～！那天真是超猶豫的～～」

竜兒不知道那天是哪天。沉默不語的他不再興奮，回神低頭看看自己，發現自己身上是大河從最討厭的父親那裡偷來的西裝，還有泰子為了竊取離家出走的資金，而從竜兒外公那裡偷走的手錶。

感覺自己全身上下都是出處詭異的東西。如果真的「有人」在看，搞不好會遭天譴——想到這裡的竜兒忍不住背脊顫抖，甚至想起討厭的事——「父親得不到回報」等等，亞美自以為是說的一番話。無論是西裝裡、手錶裡，都有保護不了女兒而必須放手的父親淡淡悔恨與怨念……這一切就好像詛咒一樣。

為什麼？

不，還是算了。難得的耶誕夜不適合怨恨和詛咒。

十二月二十四日，即將下午五點。

泰子幫穿著高跟鞋的大河叫來店裡常客駕駛的計程車，停在高須家前。

一介高中生竟然有車接送，真是奢侈。坐入車內告訴對方地點，「啊，約會？」熟識的歐吉桑也開他們玩笑。「才不是！」竜兒和大河一起回答。竜兒西裝褲後側口袋裡，還塞著準備送給実乃梨的小禮物。

夜晚降臨整條街。

耶誕夜的燈海彷彿光之洪水，不停閃閃發光。

心臟狂跳，期待與不安交互推擠。

竜兒焦慮地撥弄領帶結。大河拉住他的手阻止他，低聲說句：「我不是跟你說沒問題嗎？」聲音裡帶著笑意。

身穿Gucci的少幫主，與踩著九公分高跟鞋仍然顯得嬌小的淑女——他們搭乘的計程車此刻有如魔法馬車，載著不同於平常的兩人，以時速四十公里的速度穿過光輝燦爛的耶誕夜街道，奔向與平常不同的耀眼世界。

5

「明明提早來了還這麼擠，到底有多少人參加啊！啊，發現高須！」

「喂——小高高——！這邊這邊——！」

——傍晚五點十五分。

閃耀的耶誕樹矗立中央，黑色窗簾已經拉上，由燈光與燈飾點綴完成的體育館裡早已擠滿吵鬧的學生。大家因為不同於平日的耶誕夜派對而情緒高漲、騷動不已，到處都是得意忘形的傢伙。有人頭戴報到處發放的閃亮尖帽子、有人戴著大鼻子眼鏡、也有人穿上自己的西裝，結果——

「啊，小心一點！不准灑出來！黏黏的會沾上灰塵！」

——化身頭綁三角巾、身穿圍裙的餐廳歐巴桑。「嚇死人了……」被罵的傢伙縮縮肩膀。都怪這傢伙不好，在這麼混亂的會場還單手拿著裝滿水果蘇打的杯子亂晃，隨時都是一副快要灑出來的模樣。

能登與春田用自由式穿過波濤洶湧的人群，接近頭戴三角巾的西裝歐巴桑。「喔！」注意到他們的歐巴桑——竜兒也戴起珍藏的詛咒夜叉面具……不，是露出微笑。

「小高高是怎麼回事啊？特地穿了超帥～～的西裝，卻圍上圍裙～～！話說回來，你竟然有那麼時尚的西裝？真好～～真好～～！我身上的衣服還是剛才在車站大樓買的呢！」

看到春田拉著自己身上的針織衫，能登也扯了上面寫著某個二流樂團名稱的皺巴巴連帽T恤：

「春田還好，至少是新的。我身上可是穿了兩年的舊衣服。」
可憐兮兮的水汪汪悲傷眼神彷彿在說：要大家打扮就早點說嘛～～！順帶一提，那個表情比貓大便還不可愛。
就在這個時候，哀怨男兩人組的背後傳來冰冷的聲音：
「喂——！這邊在排隊拿水果蘇打耶～～！」
「不准插隊！」
在混亂人潮之中很難分辨排隊的隊伍，但是能登與春田的確不小心插隊了。
糟糕！目光銳利的竜兒揮下湯杓。杓子畫出的軌跡有如魔法，漂亮地把能登&春田與排隊眾人分隔開來——簡單來說來就是讓他們站到旁邊。若是要說到使用湯杓的技術，的確很少有人比得上竜兒。
「抱歉！」春田壓著長髮，對排隊的眾人鞠躬道歉。「喔喲喲！」能登的眼鏡因為悶熱而起霧，還是能發現穿著旗袍的女生集團，於是趕緊用手擦拭鏡片。
搭乘魔法馬車抵達派對會場的黑社會貴公子……不，是負責舀水果蘇打的工作人員竜兒，很不搭調地出現在靠牆的攤位上。
竜兒並非自願接下這種單調工作。他和大河兩人一起搭車登場時，受到抵達現場的學生們熱烈注視。並不是他們想太多，而是貨真價實的矚目。時髦、美麗、可愛——「不愧是老虎同學，那雙高跟鞋是危險的凶器吧……」裡面還夾雜些許瘋狂支持者的聲音，眾人紛紛投以羨慕的目光。

兩人在人群注視下，步調一致地緩緩走入耶誕樹閃耀的會場中央，竜兒的視線也不自覺地看向牆邊。錯就錯在這裡，他只看了一眼就離不開視線。湯杓滴滴答答流下甜蜜的果汁，桌巾上面滿是餅乾碎屑。「啊——今天果然很冷。」「好多人喔。」負責提供食物的工作人員還在口沫橫飛聊個不停。

當時，竜兒的單邊臉頰抽搐顫抖，右手忍不住伸向制服口袋所在的位置，這才想起自己現在穿著西裝。沒錯，此刻的他沒有攜帶高須棒。雖然有面紙和手帕，但是沒帶濕紙巾，也沒帶小蘇打水去漬組，萬一沾到東西也沒辦法弄乾淨。沒有去汙魔布、沒有慣用的萬能海綿，甚至連檸檬酸噴霧都沒帶。抗菌凝膠、除臭噴霧、肥皂也沒帶。全裸……這下子簡直和全裸沒什麼兩樣。

竜兒的心情像是被人奪走武器的士兵，開始自暴自棄——要殺要剮就來吧！當然不是，「給我讓開~~！讓我、讓我來~~！我會弄得很乾淨的~~！」全裸的竜兒露出平常隱藏起來的變態癖好，受不了他的大河也不知道跑到哪裡去。等到回過神時——

「可是高須，你打算一直待在這邊舀水果蘇打嗎？好可憐喔。」

「不，不會一直吧……我想，不過……」

聽到乖乖排隊接近竜兒的能登說的話，竜兒也偏著頭思考。把能登的杯子盛滿水果蘇打時，他看看四周，再度思考自己現在到底在做什麼？

距離五點半的派對還有一點時間，可是體育館裡已經聚集許多學生，比想像中還要混亂。感覺上即將大考的三年級沒有太多人參加。有些人直接穿著制服來參加，有些人則是比較穿著品味，四處還有一些穿著布偶裝和COSPLAY的人。也有一群人特別為了今天反串女裝，他們只要看到緊緊靠在一起的情侶，就會大聲嘲諷：「性愛之夜！性愛之夜！」

「喔？那是怎麼回事！」

「他們是最近崛起的『亞美幫』，聽說很激進……」

十多名男學生統一穿著閃亮螢光黃長背心，背後寫著：「亞美大人命」或「願為亞美大人而死」等危險字眼，頭上綁著頭帶，以奇妙的表情排在入口單膝跪地。「哇～好熱鬧喔……呀啊！」——即使在報到處報到入場的無辜少女受到驚嚇，那群狂熱分子的表情依然沒有任何改變。春田邊喝水果蘇打邊說：

「用那種方式等待亞美到來～好危險喔～嘻嘻嘻！」

他雖然站在遠處嘲笑那群狂熱分子，不過胸前掛著長鏡頭相機的春田看來也不太正常。

「春田，你打算拿那個來拍什麼？」

身為派對籌備委員的竜兒，自然不難看穿春田的意圖。可是蠢蛋春田卻說得很開心：

「啊，你發現了~?」還得意洋洋比個V字手勢：

「我要拍亞美~~!好點子~~!亞美一定會穿著驚人的服裝，一邊搖晃一邊走過我們面前——!所以我特地借了這台相機~~!啊~~哈哈哈哈哈哈哈哈哈~~!」

從大笑的春田嘴巴流出水果蘇打，可是蠢蛋春田一點也不在意，還突然一臉嚴肅：

「因為我不想讓亞美的緊身褲只留在記憶裡，想留在記憶卡上……!」

那是緊身褲嗎……從能登的語氣中可以感受一絲哀怨。竜兒忘了生氣，拿了面紙擦拭慾求不滿的朋友嘴邊。「咦?幹嘛!別做出像老媽子的舉動!噁心死了!」……沒想到自己的手被他粗魯甩開，竜兒不禁大受打擊。唉……能登拍拍他的肩膀，視線不是看著淚眼汪汪的竜兒，而是熱鬧的四周：

「話題人物亞美在哪裡?派對就快開始了吧?剛才有看到木原&奈奈子大人啊。」

「喔~~!木原竟然穿那麼短的褲子，就連大腿都看得一清二楚~~!她一定是要勾引我們~~!好色喔~~!還有奈奈子大人的公主風清純連身洋裝~~!她一定也是打算誘惑我們~~!好色喔~~!」

白癡發言從竜兒的左耳進、右耳出。這麼說來，的確還沒看到亞美的身影。那傢伙那麼喜歡引人注目，八成是花了不少時間打扮。該不會又穿出校慶擔任校花選拔賽主持人時，那身嚇死人不償命的服裝吧?也可能打算遲到，獨占眾人目光——哼哼!你們就趴在亞美美走

過的路上，又聞又舔足跡的味道，為了絕對美麗的軌跡流下歡喜的淚水吧！閃開閃開、你們這些普通人！嘻——哈——！應該會是這樣吧，真是令人不快。

然而——

竜兒從剛才開始一直在尋找的人，並不是亞美。

即使他的手不停攪拌水果蘇打、就算他在擦拭吧台、和能登還有春田聊天，竜兒片刻都沒有忘記等待的人——就只有櫛枝実乃梨。

竜兒在滿是吵鬧學生的喧囂體育館裡東張西望，輕摸一下褲子口袋裡的小禮物。

稍早發的簡訊沒有得到回覆，試著打手機也直接轉入語音信箱，完全聯絡不上。竜兒這才發現挺著平胸表示「沒問題，全部交給我」的大河也消失無蹤。

她還沒來。

是「還沒來」還是「果然不來」？至今為止的不斷邀約，依然沒能改變她的想法。

到了最後她還是不會來……不，別這樣想！竜兒搖搖頭，用力把腦中的軟弱驅散。不是有東西想讓実乃梨見識？不是有東西想送給她？怎麼可以連自己都沒信心呢？派對都還沒開始呢！還有機會還有機會，接下來才是關鍵。就在竜兒緊握湯杓抬起頭之時——

「好～～各位！非常、非～～常感謝各位參加今天的耶誕夜派對！」

北村的聲音透過麥克風傳遍會場。竜兒、能登、春田，還有在場所有人一齊面向舞台，

然後──「噗哈！」同時爆笑出聲。今晚派對主辦人學生會長的英姿，實在是讓眾人啞然。

「請各位舉起在報到處領取的拉炮！一起祝賀一年一次的耶誕夜，與我們一起倒數計時，迎接派對開始吧！」

舞台上開心微笑的北村，身上的打扮是裸體耶誕老人──假鬍子加上紅帽子，黑靴子還有紅長褲，全裸的上半身只有吊帶勉強遮住胸前兩點，剩下的部分都是光溜溜。

為什麼？為什麼？在沒人問得出口的情況下，北村繼續進行派對開幕典禮。根本沒有必要暴露的肌膚因為寒冬而冒出雞皮疙瘩，不過脫光之後露出的胸膛意外壯碩。「如果是亞美就好了……」春田傻傻說了一句，以無力的動作把裸體收進記憶卡裡。

「準備好了嗎？那麼，讓我們一起來祝賀今年的耶誕夜！3、2──」

竜兒也連忙抓起擺在一旁的拉炮，全場所有人一起拿著領到的拉炮對著上方。接著北村大喊：

「1……耶誕──快──樂！」

「耶誕節是明天吧！」好幾個人出聲吐槽，不過壓過吐槽的拉炮聲以及尖銳的歡呼聲齊發，數以百計的拉炮一起射出閃亮的彩帶，在聚光燈的光線中飄揚飛舞，會場上空瞬間變得五顏六色。接著又響起兩發晚來的拉炮聲與來自同一個地方的笑聲。

火藥味瀰漫，入口附近的照明全部關掉，只剩會場上方的聚光燈耀眼照射。聽見某人的

口哨聲，全場的笑聲與歡呼聲猛然爆發，讓竜兒的耳朵差點聾掉。

「耶——！耶誕快樂！明年也請多指教！」

「耶誕也要指教～～～！嗚喲～～～～～！」

能登與春田開心擊掌。「喔！耶誕夜快樂！」竜兒也一口喝掉自己的過甜水果蘇打。碳酸刺激喉嚨，舌頭滿是過度濃郁的甜味，可是現在的熱度還不足以躍動竜兒的心。力量不夠，因為她還沒來。如果実乃梨出現在這裡，竜兒狂奔的暗戀之心就能看見終點。躍動的心臟狂跳、顫抖的背脊僵硬，身體的一切都在等待她的出現。竜兒用全身等待実乃梨的笑臉、祈求她的出現、希望看見她的笑容、希望她伸出夢幻之手抓住夢幻接力棒。

就在此時，讓人不想多看一眼的北村所在的舞台布幕開始往上捲，現場再度湧起歡呼聲，其中還摻雜驚訝與狂熱的色彩。睜大雙眼的竜兒終於看見了——那就是殺父仇人！當然不是，而且他手中的東西不是手槍，而是湯杓。

竜兒原本還在思考，為什麼派對會場沒什麼音樂？他知道流程是拉響拉炮、慶祝派對開始（因為發拉炮的人就是竜兒），所以判斷也許之後才會播放音樂，讓氣氛更像開幕典禮。

沒想到被騙了，完完全全被騙了。

在他隔壁分發小三明治的一年級籌備委員也茫然地張著嘴巴，顯然他也不知情。連籌備委員都被蒙在鼓裡——知道的人難道只有學生會的成員，以及他們嗎？

舞台上偷偷安排只有今晚才看得到的特別演出。不常聽到的真實鼓聲憾動人心，腳下傳來的震動流遍體內，震撼全身的血液。

爵士鼓、吉他、貝斯、鍵盤。竜兒記得這群人是熱音社組成的樂團，在校慶時的現場表演深獲眾人好評。現在演奏的曲子是稍微經過改編的流行音樂，也就是人人熟悉的耶誕曲目。至於在樂團伴奏下，站在麥克風前唱英文歌的人是——

「大……大河！」

竜兒差點昏倒。

身穿露肩黑色洋裝的人正是大河；和大河同樣穿著及膝黑色洋裝、吹出同樣髮型的人則是亞美；再隔壁是學生會二年級的女生；另一個女孩子應該是熱音社的主唱。

穿著優雅的四名女子全將瀏海斜梳之後固定、擦上深紅色唇膏、戴著長手套、穿著露肩黑色洋裝，配合樂團演奏合唱。她們站在麥克風架後面或左或右踏步、舉手、稍微偏頭之後再緩緩放手。舞蹈動作整齊劃一，歌聲裡還有著淡淡的和聲。

交錯的燈光照耀四人，全場一起鼓掌打拍子，有些人甚至開始跟著唱。笑容、聊天，耶誕歌曲、照耀一切的耀眼光芒，以及——

「好棒喔……老虎她……在唱歌、跳舞耶……」

忘了拍照的春田也跟著節奏躍動，同時也驚訝地張開嘴巴。能登邊打拍子邊吹口哨，與

奮地回應春田的話：

「這是愛的力量，愛！那個暴露狂到底哪裡好……？你說是吧？」

他看了竜兒一眼，可是竜兒無法回話。只能仰望舞台上的大河，同時也望著亞美，心想怎麼會這樣？

這算什麼？

他完全沒發現。分明每天都忙著準備考試和派對，哪有時間練習這麼棒的耶誕表演？

黑衣歌姬的歌聲隨著即將停止的音樂漸漸淡出，馬上又配合演奏一起跳舞——雙手扠腰搖頭、輕踏舞步。以耶誕樹為中心聚集在一起的參加者，也一起踏著舞步跟著音樂舞動。愛出風頭的女王亞美今晚也只是低調擔任團體的一員，無視麥克風架的存在，在天敵大河身邊和大家一起做出整齊的動作，配合節奏搖動閃爍象牙色光芒的肩膀。

閃閃發光的金、銀色碎紙片開始在會場上空飛舞。學生會的成員從二樓通道利用空調的風，一把一把抓起紙片灑落。手工製作的碎紙片順利跟著空氣流動，輕飄飄地飛舞。「好美喔！好像下雪了！」竜兒聽到女孩子一起發出的驚嘆聲。

光輝燦爛的雪花飛舞，活動象徵的耶誕樹靜靜沐浴在燈光之下，巨大的身影也在呼應相視而笑的人群。從竜兒所在的牆邊攤位看不出來有任何損壞的痕跡，應該也不會有人看得出來。一閃一閃的燈泡、亞美做的鈴鐺裝飾品、銀藍色的裝飾品、亮澤發光的金玉，全在交錯

的聚光燈下耀眼閃耀。

在樹頂上發光的大河星星也不例外，不停散發美麗的亮光，就好像真的會發光。

——怎麼會這麼開心。

這種感覺真是棒透了！

竜兒傻傻站在原地仰望舞台。美麗的耶誕節飾品、發光的燈飾、大耶誕樹加上樂團現場演出、唱歌的大河、跳舞的亞美，以及脫光光的北村。亢奮的朋友再加上許許多多的笑容，真是多到數也數不清。今年最後一次悶熱又愚蠢的騷動，讓竜兒的耳朵差點喪失聽覺。

竜兒覺得自己曾有瞬間不想參加派對、不想擔任籌備委員的想法，實在是太笨了。不一定是要在派對，只要能把沒精神的実乃梨找來並且把禮物送給她，這樣就夠了……竜兒由衷地認為有過這種想法的自己是笨蛋。

派對是多麼令人開心。

因此自己才更加希望此時此刻，能和実乃梨一起共享這份快樂。

希望和她一起抬頭看著大河與亞美的驚喜演出；希望一起陶醉地看著閃閃發光的耶誕樹，在大河星星的照耀之下，一起享受這場快樂的派對。

竜兒放下水果蘇打的湯杓，再一次衷心祈求：櫛枝，快點來吧。在派對結束前現身吧。大家一起開心、一起歡笑，這樣才算得到回報。少了妳，快樂的接力賽就無法成立。我希望

和妳一起用笑容迎接這個如假包換的最棒時刻。竜兒全力祈求，手裡的湯杓也跟著顫抖。

因為竜兒希望和実乃梨一起迎接的夜晚不在其他地方、也不是其他時刻，正是這場絕佳的派對，因為這個夜晚是為了実乃梨的笑容而存在。

此時舞台上的大河注意到竜兒的視線，兩人四目交會。大河的嘴角露出微笑，彷彿在說──你嚇到了吧？很棒吧？然後一個轉身停頓三拍，馬上又轉回來。大河就在這個瞬間輕輕眨了一下眼睛。快到其他人都沒看見，除了竜兒之外。

「唔！笨、笨蛋！」

慌張失措的竜兒不禁露出苦笑。笨手笨腳的傢伙居然得意忘形，等一下可別出錯了。可是大河卻沒有跳錯任何一個舞步，四個人有默契地同時將麥克風架放倒至同樣角度，再以踢球動作踢回原位。我一定會把実乃梨找來，你不用擔心──發出如此豪語的天使大河大人似乎真的很悠哉。這該不會是奇蹟吧？

「高須同學──！給我水果蘇打！」

「我先到的！喉嚨好乾喔！」

才剛開場就興奮過頭的傢伙們為了補充水分，群聚到攤子前面。竜兒連忙回神，想起自己籌備委員的立場，於是揮舞湯杓說道：「好好，請排隊！」他做好決一死戰的覺悟吊起雙眼──滴水不漏！

有人唱歌、有人跳舞、有人聊天、有人單純只是吵鬧、有人在等人——在眾人的笑容之中，派對的夜晚愈來愈深。北村來到竜兒身邊，說明自己為什麼會是這身打扮——他原本想穿上全套耶誕老人裝，但是在開幕之前換衣服時，才發現上衣穿不下。因為已經來不及準備其他衣服，只好光著上半身。

「至少可以穿件T恤吧？」

「啊——對喔！也可以穿T恤！你怎麼不早點告訴我！」

「……你現在穿也沒關係啊？」

「嗯？你說什麼？我聽不清楚！」

等竜兒注意到時，大河已經不在舞台上，現場改播西洋流行音樂，舞台上的布幕也早已完全落下。

＊＊＊

「原來你在這裡！」

有人突然從身後抓住他的手，竜兒忍不住叫了一聲：

「喔！幹什麼啊？嚇我一跳。」

「咦？聽——不到！總覺得現場好擠……呀啊！」

是亞美是亞美是亞美——！亞美降臨人世了！男學生有如飛蛾撲火，撥開人潮直逼過來。願為亞美大人而死的長背心大軍挺身而出，一層又一層圍住亞美。「不准碰！」「不要靠近！」如果沒有他們制止人群，兩人此刻早就像是置身在擠成一塊比力氣的遊戲中央，說不定還會因而窒息。

兩個人好不容易站在耶誕樹的正面，亞美在喧囂聲中壓著耳朵，以深薔薇色的豔麗嘴唇露出笑容：

「我問你喔，剛才的歌唱得怎麼樣啊——？嚇到了吧！」

「是啊，真是超驚訝的！妳們什麼時候偷偷練習的？」

「這算是獻給籌備委員會成員的驚喜禮物吧♡」

兩人所站的地方，正好是音樂與嘈雜的中心，一定要大聲說話才聽得到。穿著高雅黑色洋裝，看起來比誰都漂亮的亞美，在燈光正下方高舉雙手：「啊，我很喜歡這首歌～～！」然後配合音樂開始跳舞。四周滿是閃閃發光的碎紙片，同時也湧起口哨與歡呼。包圍四周的傢伙也學著亞美高舉起雙手，配合節奏在空中搖擺。

「這可是我的主題曲喔！來吧——！高須同學也舉起手！今天是怎麼了？特地穿了這麼帥氣的西裝來，嚇了我一大跳呢！」

距離近得足以感覺對方的體溫，亞美抓住竜兒的雙手高舉。竜兒知道背後射來無數嫉妒與羨慕的視線，但是——

「等、等等！我在找大河！」

「咦——！你說什麼？」

竜兒現在沒有那個心情悠閒跳舞。「抱歉借過一下！抱歉！」北村已經摘掉假鬍子與帽子、換上T恤，一邊喊著「不好意思！借過一下！」一邊用手刀劈開舞動人群現身。

「喔，北村！在這裡！那邊有人看到她嗎？」

「沒有！好像沒有人看到她！亞美來得正好，妳知不知道？我們到處都找不到逢坂，從剛才開始一直找個不停！」

「……」

停止跳舞的亞美，深紅色的嘴唇似乎動了一下。可是周圍驚人的狂熱與混亂，讓竜兒聽不見亞美說的話。

「咦！妳剛才說什麼？我聽不見！」

身高幾乎和竜兒差不多的亞美，用嘴唇湊近他的耳朵，貼近到簡直快要抱住他的距離。

她伸出雙手放在竜兒的耳朵與自己的嘴巴之間：

「我說她已經回去了。」

然後——

「她說実乃梨會過來，已經強迫她過來這裡。所以她說要回家，不想當你們的電燈泡，想在最喜歡的耶誕節做好準備，等待耶誕老人。」

竜兒像個笨蛋一般張開嘴巴，回看亞美的臉。亞美的大眼睛反射燈光，強烈散發冰冷的光芒。然後她又繼續說道：

「你不知道嗎？都沒有注意？真的嗎？」

竜兒只能點頭。

眾人在舞曲之中高舉雙手不停搖擺。在這種狀況下的竜兒只能點頭，這樣很怪吧？他不禁僵立在原地。「怎麼了嗎？」北村也開口問道。竜兒看著北村的臉，再次想了一下。

這樣真的很奇怪吧？

「為什麼？為什麼會變成這樣？」

「你問我，我問誰——！」

「那傢伙為什麼非得回家？」

「跟你說了不知道！也許是不想親眼看見吧？」

「啥……？」

「我不是給過你忠告——唉，算了，跟你說什麼都是浪費時間，反正無論我說什麼，你都沒有在聽。每個人都是這樣……算了。」

亞美用力推開竜兒，竜兒被她突如其來的一推，腳下不由得絆了一下。此時的亞美已經不再看著他的臉：

「我很累了，準備要走了，給我滾開。閃開！我要過！討厭、亂七八糟……煩死人了！我想要一個人！我累了！」

甩開眾人的亞美搖搖晃晃走開。「發生什麼事了，亞美！」「亞美，妳要去哪裡？」「一起跳舞嘛！」——叫你們閃開！亞美一面吼叫，一面逃離逼近的傢伙。白色的髮旋、雪白的背部消失在跳舞的人群裡，聲音也被音樂淹沒。

只有竜兒留在原處。

「亞美說什麼？她知道什麼嗎！」

「她說大河回家了……」

「抱歉、我沒聽見！再說一次！」

「大河！回家了！」

「咦！為什麼？逢坂還沒玩夠啊！」

真的——沒錯。竜兒看著睜大眼睛的好友，感覺被亞美用力推了一把的胸口隱隱作痛。

大河根本還沒有好好享受這場耶誕夜派對，恐怕也沒和北村說到話。派對很成功，大家都很盡興，臉上滿是笑容。可是大河根本沒有得到任何回報。

「到底是怎麼回事？該不會是太累所以生病了？」

「我……不知道……」

不知道。

竜兒聳立在愈來愈混亂的人群之中搔頭，連想要轉身都很困難。他不知道為什麼會變成這樣。

大河為了竜兒準備西裝。

為了大家、為了炒熱派對穿上美麗的衣服，還上台唱歌跳舞。

大河又為了竜兒離開這裡。為了叫実乃梨過來，為了不當電燈泡。

「一個人回家去……這樣有誰會為妳露出笑容？這就是妳快樂景象的一部分嗎？」

一個人自言自語的竜兒，眼角看到耶誕樹的光輝。大河那顆破碎的星星還在閃閃發光。

竜兒心想，無論有多美、多眩目，只要人不在這裡不就沒有意義了嗎！如果不能在那棵耀眼的樹下一起歡笑，豈不是沒有任何回報嗎？今晚到底是為了誰打扮得這麼漂亮？耶誕節到底是為了誰而到來？不是為了所有人嗎？包括大河在內的所有人嗎？大家都要開心——難道忘

記自己曾經說過的話嗎?笨老虎!

還是——她真的認為耶誕老人正在看?偽善、獨善,耶誕老人其實都知道——大河雖然這麼說,不過她依然相信只要當個好孩子,耶誕老人就會再度出現在眼前?

問題是耶誕老人並不存在。不管大河再怎麼乖,還是沒有人會知道、沒有人在看。這個世界根本沒有神。街上的燈海閃爍生輝,處處都充滿笑容,快樂耶誕來到這個世界,但是大河沒有得到任何回報。

今年的大河不是一個人?她回家了。有站在我們這邊的大人嗎?嗯,當然有,可是那些大人此刻不可能陪在大河身邊。

如此一來,大河今年不又是一個人了嗎?

竜兒摸摸自己的臉,呆立在原地思考。

究竟該怎麼做,今晚的接力賽才能順利繼續?

他看了北村的臉一眼,正要從喉嚨擠出聲音……不對,又把話吞回去。事到如今,竜兒總算察覺到了。

其實有一個人看著她。

他也知道大河的孤獨。

這個世界上只有這麼一個人。只有這個人,一直在最近的地方看著大河。必須交給大河

的接力棒就在這裡，在這隻手裡。

世界上只有一個人知道大河是好孩子，他的名字是高須竜兒，也就是——我。

＊＊＊

真的嗎？真的是這樣嗎？

最喜歡的死黨重複好幾次相同的話。「是啊。」自己也耐著性子點頭回應。「竜兒說過如果実乃梨沒去，他絕對不回家，也有住在學校的心理準備。」接下來的這番話或許已經接近威脅了。在久違的櫛枝家玄關，実乃梨咬住嘴唇，滿臉傷腦筋的表情站了好一會兒。

這副表情讓大河想起一個人。

「對不起，小実……」

即使実乃梨聽不見，大河還是小聲唸唸有詞。

「可是妳並不排斥吧？其實妳也想去吧？我知道，因為我們是好姊妹。如果不是這樣，我也不會這麼努力。」

都已經說成這樣，実乃梨一定會去派對。就算原因是「怎麼可以讓高須同學睡在學校？」也沒關係，至於後續會怎麼發展，就讓竜兒自己努力。

隨手脫下一丟的絲襪就這樣掛在沙發上，包包也埋在絲襪底下，短披肩毛外套就直接拋在玄關。大河累透了，連脫下洋裝的力氣都沒有，感到寒意的肩膀裹著竜兒的圍巾。這次不是用強硬手段搶來，而是在今天回家換衣服的路上，因為大河打了個噴嚏，竜兒幫她圍上的。接下來只顧著張羅派對，所以才會忘記還給竜兒。

她把鼻子埋在柔軟的喀什米爾羊毛裡，大口吸進圍巾上熟悉的味道之後吐出，下巴貼近自己的溫暖氣息。

因為鞋子的摩擦，所以腳跟很痛，就連站起來都嫌麻煩。大河癱軟地坐在地上，用遙控器將客廳照明轉暗。今天不打算打開電視，寬廣的房間有如沉沒水底般寂靜。

矮茶几上擺著小小的玻璃耶誕樹。把裡面的蠟燭連同燭台一起輕輕拉出，拿出便利商店買來的打火機小心點火。謹慎、小心地點火——開玩笑，我可不想在耶誕夜死於火災。

橘色光芒溫暖地在照明轉暗的客廳裡搖曳。透明耶誕樹真的很美，蠟燭的精油香味也飄飄然地搔弄鼻尖。

解開固定頭髮的髮夾，盯著晃動的火焰，把手撐在茶几上。只有空調的聲音令人感到吵雜。大河用圍巾把頭蓋住，塞起耳朵。我只要安靜就好。因為連日忙碌累壞的身體，現在終於能夠安穩入睡。

今年也是一個人，耶誕老人今年也沒過來。仔細想想，一年之中只有這段期間裝出好孩子的樣子，根本就來不及了。而且今年甚至引發遭到停學的騷動，再加上這個世界上根本沒有耶誕老人。

所以今年也是一個人。

明年應該也是一個人。

在往後的日子裡，肯定一直、一直、一直……都是一個人。近乎無痛死去的睡意，讓大河邊閉上眼睛邊思考：只要活著，我永遠都是一個人。和過去一樣，今後也永遠是一個人。因為我天生就是擁有那種雙親——不，這是命運，所以也是沒辦法的。

閉上眼睛。

怎麼會有這種人生？我雖然這麼想，但只要想想「有個人在看著自己」就能繼續活下去。當然這種願望只存在夢裡。正因為我自己最清楚，才會允許自己去相信。

不能依賴任何東西、任何人。只要有那種軟弱心態，「逢坂大河」的人生就無法再走下去。為了一個人活下去，必須變強才行。可是如果是夢、如果是現實中絕對不可能發生的不切實際空想，那麼就不算依賴。就像在想像中殺人也不會有罪一般，就算想像和誰擁抱，對方也不會知道。就是這樣——在夢中依賴就不算軟弱……應該不算。

『……明明就很依賴……』

「！」

大河嚇了一跳。

什麼時候睡著了？不對，剛睡沒幾分鐘，卻突然有股墜落的感覺，又好像聽見有人說些什麼。然後——

「咦？」

這次她是真的跳起來。反射性地膝蓋跪地，轉向出聲的方向。「叩叩叩！」敲玻璃……應該是敲窗子的聲音。聲音是從臥室那邊傳來。

小偷？變態？殺人犯？又聽見聲音了，這次比剛才更清楚。大河躡手躡腳起身，用圍巾緊緊包住露出來的肩膀，勇敢朝發出聲音的方向走去。拜託！別鬧了！我雖然不想在耶誕夜被火燒死，但是更不想被別人殺害。木刀在寢室，對自己的劍術也有自信。雖然不曉得能夠對抗真正的罪犯到什麼地步，與其這樣帶著悔恨被殺，還不如——打開房門，光腳踏入冰冷而且伸手不見五指的臥室，抱著必死的決心打開窗簾。

「……」

咿——

叫聲從喉嚨深處湧出，嚇到快要發不出聲音。

雙腳無力癱坐在地。

為什麼在窗戶另一頭、與高須家之間相隔的矮圍牆上站著一隻熊？那隻熊以不穩的姿勢靠著窗戶敲玻璃，頭上還戴著耶誕老人的帽子。

叩叩叩叩！熊更加用力敲打窗戶玻璃，像是在喊：「要．掉．下．去．了！」一樣，熊的腳搖搖晃晃——已經到了極限嗎？貼著窗戶的身體正在顫抖，也許再過幾秒鐘就要摔下去了！大河親眼見證了生死一瞬間。

「耶——」

不再猶豫的大河連忙幫熊打開窗戶：

「耶誕、老人……？」

伸手幫忙把熊拉進房間。如果不是耶誕老人就糟糕了，可是被拖進大河房間的熊只是氣喘吁吁趴在地上，似乎是累翻了。不過熊還是輕輕點頭回答大河——

我是耶誕老人。

「騙人……真的？」

再次點頭。熊扶著過大的頭，以真誠的態度緩緩告訴大河：我真的是耶誕老人。

「啊……啊哈哈……」

到底為什麼想這麼做，自己也不清楚，不過——

「啊哈哈哈！這是什麼啊！啊哈哈哈！」

等到回過神來，大河已經開始放聲大笑，抱著肚子狂笑不止。明明就完全搞不清楚狀

況，她還是相信眼前這隻熊是耶誕老人。耶誕熊出現了，大河是好孩子，所以按照約定再度出現。大河笑著拉起耶誕熊的手，幫牠站起來，並且拉著搖搖晃晃的熊走向一團亂的客廳：

「耶誕老人你看！這是我家今年的耶誕樹！」

黑色的塑膠熊眼看到一棵小樹，接著轉向大河豎起大拇指。被耶誕老人稱讚了！

「太好了！我覺得這棵樹很棒喔！太好了——太好了——好棒喔——！我的樹被耶誕老人稱讚了！不對，不是只有樹！這真是太棒了太棒了太棒了！啊啊！真的出現了！耶誕老人真的來了！雖然是熊的樣子，但是熊也很棒！很棒！我好像是在……作夢……！」

呀啊！大河邊叫邊跳，不停轉圈，並且開心地用雙手頻頻對著天空送上飛吻。

然後她唱起派對上樂團演奏時所演唱的耶誕歌，HOP、STEP、JUMP——飛撲到耶誕熊身上，雙手用力抱住。穿著溫暖布偶裝的耶誕老人也輕輕伸直雙手，用力回抱大河的身體，摸摸頭、摸摸頭髮、把她抱在懷裡。

究竟哪裡有一雙臂膀願意像這樣抱著她？

究竟哪裡有一雙臂膀不會背叛她信任的心？

沒有，沒有，沒有沒有沒有，到處都沒有，任何地方都沒有，只有這裡有。由體內湧出的喜悅，讓她像個興奮的笨蛋。今年不再是一個人。大河閉上眼睛，把臉頰靠在耶誕熊溫暖的胸口磨蹭。耶誕老人今年來了，美夢成真、變成現實了。耶誕老人緊緊抱著我，這是多麼

——多麼幸福啊！

使盡全力抱住熊的大河繼續唱著歌，把臉埋在有灰塵氣味的熊身上，光著腳配合歌曲踏步。耶誕熊也和她一起共舞，往右、往左、轉圈、反方向再轉一圈。

大河像個笨蛋般不停傻笑，差點絆倒仍然繼續跳舞，並且緊緊抱住耶誕熊。歌真的唱得很糟，而且只是不停重複喜歡的歌詞。抱了好幾次都差點摔倒，笑到眼淚都快流出來……大河心想，如果能夠一直這樣下去就好了。如果時間可以永遠停留在這一刻，永遠和耶誕熊一起跳舞就好了。

可是——

「啊啊……真的呢！美夢成真了……！」

大河低聲說完，抬起頭來。

呼——長嘆一口氣。

不可能實現的夢想實現了，夢想成真。如果是夢的話，永遠都可以作夢，因為不論作了多少夢，總有一天會清醒。

可是現實不是這樣。

「謝謝……」

必須透過自己這雙手——這雙活生生的手拉下布幕。

「真的，謝謝你……竜兒。」

大河拿下熊頭，竜兒因為笑得太厲害，所以還在痛苦喘氣。明明是寒冷的隆冬，竜兒卻是汗水淋漓、滿臉通紅。「啊，不要拿下來啊，笨蛋！」——大河忍不住笑了。幹嘛這麼緊張？這傢伙真的以為不會被發現嗎？

「你去哪裡找來這身裝扮的？」

「跟穿去參加派對的人借的。」

竜兒僵硬地轉開視線，露出笨拙的笑容。特地打理的瀏海沾滿汗水、貼在額頭上，全都糟蹋了。可是不只髮型——

「對了……西裝呢？」

「和穿這個熊布偶裝的人交換了。啊，我一定會和他換回來，那當然！」

唉……嘆氣。笨死了，竜兒果然是笨蛋。

「好戲即將上場，你卻把衣服脫了……真是不敢相信！真是笨死了！笨蛋笨蛋笨蛋笨蛋！枉費我還特地幫你準備、幫你安排和小実見面！」

「誰是笨蛋啊！嗯……？和小実見面，什麼意思？」

「我不是說過叫你要相信我天使大河大人嗎？小実現在應該在前往派對會場的路上，搞不好已經到了。快點，現在趕回去還來得及！」

「啥？可是……不，但是今天已經……我已經穿成這樣，而且我是不想讓妳一個人才回來的……」

「你說——什麼傻話！我已經不要緊了！」

大河用力踢了猶豫不決的竜兒，得意地擺架子大笑：

「有模有樣的耶誕老人和好孩子，我好久沒有笑得這麼痛快，笑到肚子都痛了！你的樣子真是太好笑了！啊、我很期待約好明天要做的大餐。就算對小実告白成功，明天還是要去你家吃大餐喔！你可沒忘記吧？」

「啊，廢話，怎麼可能忘記！」

「那就好！好了，快去吧！站起來！動作快！如果你不在派對會場，就變成我對小実說謊了。」

竜兒低頭看向大河。

大河只是聳聳肩，再度露出笑容指著竜兒的臉：

「而且『耶誕老人』來了，我已經得到等值的回報。在今年結束之前，我都必須當個好孩子，所以你就配合一下吧。讓小実去參加派對，才是我送給你的真正耶誕禮物。所以……拜託你接受。」

一個人真的不要緊嗎？

即使竜兒問她這樣的問題，大河總是不停回答沒關係、不要緊、跟你說沒問題，硬是拖著竜兒的手從走廊來到玄關。「喔！」可是竜兒好像又想到什麼，轉身回到客廳。大河心想，這個傢伙在拖拖拉拉什麼？竜兒把耶誕樹裡的蠟燭吹熄，「火源收拾完畢！」並用手指加以確認。要是蠟燭還點著，竜兒會擔心到走不開。

真是細心過頭的傢伙。

「好好好～我知道了，笨手笨腳的我不會再點火，我發誓。這樣總行了吧？真囉嗦……我已經知道了，你可以快一點嗎？派對就要結束了！快！快去！」

大河用手推著竜兒的背，最後還在屁股補上一腳，又拖又推把竜兒從玄關大門丟出去。穿成這樣走在街上很醒目吧……不，應該很適合耶誕夜。

「快去吧，垃圾狗！」

「多謝了！」終於轉身離開的竜兒喊了一句加以道別。關上門的大河沒有看向竜兒。

接著把門鎖上。

終於走了。

大河嘆了口氣。到此任務真的結束，天使大河該做的都做了。下樓梯的腳步聲漸行漸遠，終於聽不見。

「啊啊……累死了……」

鬧得太厲害的自己也有錯。剩下她一個人的屋子恢復原來的寂靜，大河伸展了一下身體，光著腳回到客廳。

過分安靜的空間只有空調發出令人不悅的聲音。剛才竜兒在這裡時完全沒注意。

「終於去了、終於去了、終於去了……」

大河坐回地上，低聲吹起無聊的口哨，打算再次將耶誕樹的蠟燭點燃。小心一點就不要緊。特地為了今晚買來的蠟燭，怎麼可以不點呢？可是……

「咦？咦咦咦……怎麼會？」

找不到打火機。

剛才擺到哪裡去了？大河回溯記憶，只記得自己就是擺在這裡、竜兒出現，像個笨蛋一樣吵鬧、吹熄火焰，然後——

「啊，該不會……」

竜兒預先想到大河會再次點燃蠟燭，所以才收走打火機。想了一下只有這個可能。可惡的耶誕老人，明明沒帶禮物過來，還偷走我的打火機，算你狠。看我二十六日那天非得把你揍得半死。

大河只好站起身來找找看有沒有其他的替用品。看看竜兒整裡的餐桌抽屜、竜兒整理的電視櫃、竜兒整裡的廚房抽屜，果然找不到打火機和火柴。搞什麼啊，真是的……大河站在原地。明明是自己家，卻完全不知道什麼東西放在哪裡。

這下子沒辦法點燃耶誕樹的蠟燭了。

「……討厭……」

真是個細心過頭的傢伙。

「……真令人生氣……」

用那種沒常識的方式登場，搞什麼耶誕熊。

「……煩……」

而且一直拖拖拉拉，不曉得有沒有趕上。

「……不——」

有沒有好好對実乃梨訴說真心話——

「……」

不要。

「咦……？為什麼？」

大河驚訝地問自己。一摸自己的臉，指尖是濕的。

為什麼臉上滿是淚水？

「啊啊……原來是這樣啊……」

稍微想了一下，靜靜點頭的她終於懂了。

這樣一來就結束了。

依賴竜兒的生活就有如夢境一般。「這不是依賴，只是讓他照顧我！」大河總是用這種莫名其妙的理由說服自己，同時──「反正只有現在。假如竜兒或是我搬家，還是竜兒和小実、我和北村交往，這種生活就不會再繼續了。」抱持這種想法和竜兒一起生活。她仰賴著竜兒的溫柔生活。因為這一切也是夢，所以不算懦弱。稍微這樣也沒關係。

這一切到了今晚都將結束。

大河知道実乃梨也對竜兒有意，竜兒又是真心喜歡実乃梨，兩個人是兩情相悅，所以他們應該會交往。既然這樣，我就無法再像過去那樣自由進出高須家。就算發生什麼事也不能叫竜兒過來、也不能走在竜兒身邊，因為在他身邊的人不是我。

所以。

「……怎麼好像……」

很悲傷。

大河不禁為之驚訝。

她從來沒想過這種事，真的沒想過自己會不願意和竜兒分開。因為吸引自己的人、自己所憧憬、夢想的人，一直都是北村祐作。自己應該只想著、喜歡北村祐作才對，可是為什麼現在會有這種感覺？

那天——大河想起北村祐作對喜歡的女生告白，卻因此受傷的那天。那天是多麼激動，完全沒有多想就去找狩野堇算帳。

自己當時的確只想到北村，比起自己的傷，她更在意北村的傷。能夠把自己的心放在次要位置，恐怕就是因為有竜兒在的關係。因為竜兒最懂、也最相信我的心，所以我不去看自己的傷口也沒關係，因為竜兒會一直在身邊看著我。

自己的想法應該沒錯。因為當我犯下名為暴力的錯誤時，前來抓住我的手、制止我的舉動——前來救我的人，確實是竜兒。

他讓我撒嬌、重視我，我在不知不覺中依賴他的溫柔而活。

自己能夠喜歡一個人，全是因為真切感受到竜兒在我身邊的「力量」。能夠和北村同學有許多接觸，讓他對我有所改觀……全都是因為竜兒看著為了這一切興奮不已的我。因為知道有他看著我，我也放心把心交給他。

在此刻之前——在失去之前，我真的一點也沒發現。我完全不了解有個能夠託付內心的人，是多麼珍貴的一件事。我也從來沒想過竜兒就是「力量」。怎麼會這麼蠢？我真想踹飛自

己空蕩蕩的腦袋。連自己站立的土地都不了解。少了竜兒這片土地，怎麼可能開花結果？如今的我已經連想要擦掉流到下巴的淚水都辦不到。

少了竜兒，我就沒辦法戀愛。

因為現在光是站著就很困難。

我不知道能不能活下去。

對我來說，竜兒是必要的。

也就是說，我喜歡竜兒。

從很久以前就喜歡他。

一切到此為止，已經結束，不能再待在竜兒身邊——我不要。我要怎麼忍受？要怎麼活？我不要結束。不要。

——不要！

「……！」

大河忘我地飛奔而出。

跑出客廳，光著腳踢開門奔出玄關。衝過冰冷的走廊，跟著跑下竜兒離開的樓梯。大河

一次三階跳下樓梯，迷你裙的裙襬甚至因此破裂。她全力衝出大理石入口大廳，不曉得該如何停下滿溢的淚水。大河屏息祈禱——要趕上，拜託讓我趕上。

她用身體推開沉重的玻璃大門，連滾帶爬來到刮著冰冷寒風的夜晚街上。冰冷的柏油路刺痛她沒穿鞋子的腳。

左顧右盼。不在，竜兒已經不在，不在這裡了。怎麼辦？她的雙手掩住因為淚水而扭曲的臉，停下腳步用力吸了一口寒冬的空氣——

「……竜兒————————！」

對著夜空大喊。

這才發現路過的情侶嚇了一跳，正在看著她。「吵架嗎？」「好可憐……今天是耶誕夜耶。」——我很可憐嗎？大河像個嬰兒般大聲哭喊。

哭個不停，邊哭邊呼喊竜兒的名字。

當然無法傳到竜兒的耳中，明知如此還是反覆吶喊，喊到喉嚨都啞了仍然繼續喊著。

心裡雖然像是歷經一場暴風雪，腦袋卻逐漸清醒。唉——另一個自己似乎受不了這樣的她，不禁輕視哭喊的自己。就是這樣我才討厭現實，因為和夢境不同，一定會毀損、失去。

在心中所希望的時刻出現、互相擁抱的觸感，這些全部都是真實。想要保持這樣、不想失去的祈求也是真實。然而到了現在，一切全都破碎消失。

對，自己一直在作愚蠢的夢。

她一直誤會自己是把竜兒當成父親一樣依賴，只要竜兒和実乃梨在一起，自己就會「離巢獨立」一個人生活。她也一直誤會這是自己期盼的未來。更愚蠢的是她以為能夠忍住寂寞，是因為父親竜兒的心意，培養她自己一個人活下去的力量……會有這種笨蛋想法，是因為她一直以為這就是父親。

問題是現實情況並非如此。竜兒不是父親，大河對於不願看顧自己的父親雖然執著，但是對竜兒的執著又是另當別論。而且她發現別離的瞬間，並不存在「離巢獨立」這麼正面的事，只剩下「喪失」——自己失去了竜兒，必須一個人面對孤獨的未來。

她直到現在才明白，其實她想一直和竜兒在一起。她希望兩人攜手共度每個嶄新的日子。可是已經做不到了，一切都太遲了。現實已經崩潰，她也從夢裡醒來。只剩下自己孤伶伶的一個人。

自己到底是從什麼時候開始搞錯?竜兒明明說過：「我是龍，妳是虎，龍與虎是並列的。」可是愚蠢的自己只顧著作夢，盡可能纏著竜兒撒嬌、依賴、逃避，從來沒有認真思考。改天再想、改天再想，推拖的結果就是今天這副模樣。

「……竜、兒……!」

世界沉沒在淚水之中。

大河說了一句——算了，全都毀掉算了。如果這是電影或連續劇，到此畫面差不多會做淡化處理，或是男主角再次出現眼前。不過現實果然殘酷，大自然不會幫忙製造淡出效果，竜兒也沒有出現。乾脆就此死去，還比較有戲劇性，可是人又沒有那麼簡單說死就死。特別是大河這個女孩更是健康。

難看、悽涼、悲傷、寂寞、悲慘、沒出息的笨蛋。可是她還活著，這就是大河面對的現實。不逃避現實，雖然哭了，但卻不會就此死去。

因為她想變強。

堅強才是真實。

她想起校慶時的校花選拔賽。當時的她也是自己站起來，所以這次也要試著站起來。就算沒有竜兒與実乃梨的聲援，她還是會想辦法一個人嘗試。今後也真的必須要一個人嘗試，試著站起來。

大河抬起滿是淚水的臉。

全部接受、全部吞下，就算再丟臉也要活下去。失去很多、傷害很多，一路跌跌撞撞地成長。這麼一來總有一天，將會成為真正堅強的大人。為了自己的未來，可惡，我一定要站起來給你看！到成為真正堅強的大人那天為止，無論摔倒幾次，我都要堅強地站起來。被父母拋棄？來啊，我不怕。遭到停學？來啊，我不怕。竜兒離開我身邊？來啊，我不怕。放馬

過來，我全部不怕。

這些都是為了一個人活過往後漫長人生必須的練習。

即使如此，最後還是要不捨地再叫一次那個名字——

「竜……哈啾！……啊……」

猛然打個噴嚏。

光腳又露肩實在太冷，連鼻水也流下來了。咬緊牙根的大河吸吸鼻子，腳步蹣跚地站起來，拍拍膝蓋的灰塵，擦拭因為眼淚和鼻水而發癢的臉，最後終於邁出腳步，狼狽不堪地走回大樓。

然後——她終於真的變成一個人。

然後，然後。

大河始終不知道也不可能知道，當她奔出大樓的大廳時，実乃梨正好在對面的馬路上。她不是碰巧路過，而是為了探詢大河真正的想法，所以正要走向大樓。

然後，然後，然後。

目睹一切的実乃梨總算懂了。原來自己的推測完全正確。

***

竜兒心想，糟了。

隆冬天空中的星月浪漫閃爍，照耀竜兒驚人的扭曲鬼臉。

站在校門口的竜兒身上仍然穿著布偶裝。他剛才發現要給実乃梨的禮物還留在西裝口袋裡，也沒記下手機號碼，就和別班的傢伙交換衣服。竟然在最後的緊要關頭出錯。雖然実乃梨還沒到會場，但是換走衣服的傢伙也不見蹤影。可能是在竜兒離開會場之後，那傢伙也回家去了。

說不定還在附近遊蕩，於是竜兒連忙到處尋找，在寒冷的天空下，沒有看到任何人影。

怎麼辦?竜兒腋下夾著熊頭，口中吐出白色氣息。少了禮物，一開始該說什麼才好?

慘了，大河——失敗預感瞬間動搖他的內心。竜兒突然失去勇氣，甚至想要逃跑。不過他還是決定留下來，因為他感覺到從大河手中接過的夢幻接力棒。棒子上也包括大河從身後踢我、要我快跑的心願，我一定要傳給下一個人，否則夢想的幸福接力賽將無法繼續下去。

即使禮物弄丟了，我這隻手仍然不是空無一物。

竜兒緊握便宜化學纖維製成的熊掌。在寒冬冰冷的夜風裡，他靜靜面對有些退縮的自己。想讓実乃梨看見的東西一直在我心中，自己怎麼能夠逃走？穿著寬鬆的布偶裝，竜兒抬頭挺胸，直直站立。少了Gucci的西裝沒關係，大河的禮物還牢牢握在我手中。

就在這個時候。

「嗨！」

「喔、喔……！」

戴著毛線帽的実乃梨伴隨輕巧的腳步聲一起出現。期待已久的実乃梨終於現身。

竜兒腦袋裡一片空白，身體像是麻痺般僵硬。

羽毛外套搭配牛仔褲，圍著紅格子圍巾的実乃梨舉起戴著手套的右手，吸著因寒風而發紅的鼻子微笑。

竜兒說不出話並非只是寒冷的關係，這個情況比想像中還要教人焦急發抖。首先要謝謝她來，對她解釋為什麼是這身不正經的打扮，然後說明為什麼希望她來——竜兒原本想好的這些流程，在実乃梨出現的瞬間煙消雲散。無關順序，滿心的情感即將泉湧而出。竜兒拚命忍耐，傻傻站在原地。

「真是隻好熊啊，高須同學。」

先開口的人是実乃梨。好久沒有兩人單獨說話，直立不動的竜兒只是看著実乃梨。

実乃梨注意到他的視線，將毛線帽重新戴好，不過竜兒很自動地幫她把遮住眼睛的毛線帽往上推。

「……」

「……」

兩人同時陷入沉默。実乃梨再一次抓住毛線帽往下拉，竜兒也再一次把帽子往上推。往下拉，往上推——兩人持續著意義不明的對抗，最後竜兒終於——

「櫛、櫛枝！」

——搶走実乃梨的毛線帽。実乃梨瞬間僵在原地，但又像是突然想到什麼，立刻雙手遮著自己的臉。

竜兒想看她的臉，所以抓住她的手，打算要把手拉開。可是実乃梨的臂力很強，沒有那麼容易就範。

「喂，妳在幹嘛？這是幹什麼？」

「高須同學才是！」

「妳為什麼要這樣！」

「高須同學、高須同學……啊——可惡！嘿——！」

竜兒無法繼續說下去。因為実乃梨卑鄙地用雙手緊緊抓住竜兒的嘴唇，讓他閉嘴。

「噗……呸……唔啊……！」

「高須同學……對不起，你先聽我說。」

実乃梨把臉埋在伸出的雙手之間，望著下方不讓竜兒看到自己臉上的表情。然後這才低聲說道：

「那個……你還記得嗎？暑假大家去亞美家的別墅時，我們兩個晚上曾經聊過天，聊了一些怪事，ＵＦＯ、幽靈等等。」

「噗……嗯噗……？」

竜兒發出奇怪的聲音，稍微偏過頭表示不解。為什麼要提這個？他無法預料実乃梨究竟想說什麼。

如果沒記錯，那天実乃梨是拿ＵＦＯ和幽靈來比喻戀愛。看得見的人拚命找尋，對於看不見的她來說，甚至感覺不到那些東西的存在。然後我說她不是看不見那些東西的人。沒錯，所以我當時還祈求実乃梨能夠看到ＵＦＯ與幽靈。

可是現在提起那件事，到底有什麼意義？

「我想說，不管是ＵＦＯ或幽靈，我還是看不見就算了……看不見比較好。最近我想了很多，才做了這個決定……我過來是想告訴你這件事。」

當時的話被她自己否定。但是這樣到底有什麼意義？

「對不起，要你聽我說話……櫛枝我要回家了。」

実乃梨的手指輕輕離開竜兒的嘴唇，從竜兒手中拿回毛線帽。

戴在頭上遮住眼睛，並且行了一個舉手禮，只有嘴邊看起來彷彿在笑。実乃梨轉過身，踏著競走般的大步回家了。

——這是什麼？

——也就是說？

——因為事先查覺我的告白，所以先發制人把我甩了？

「……咦？不會吧？」

被甩了嗎？

真的？

剛才？

這是？

「……失戀……？」

竜兒僵立在寒冬夜晚的路上，腦裡盡是問號。現在不是禮物的問題，原來對方根本不喜歡我。還沒感覺到痛。挨了一記悶擊的竜兒茫然佇立在原地，抬頭仰望天空。

『就算壞掉也可以修好。』——我想已經修不好了。

『每次壞掉，只要重做就好。』——感覺已經做不出來了。

『所以壞掉沒有什麼好哭的。』——如今根本哭不出來。

竜兒依然繼續尋找正在發光的獵戶座。

找尋能夠傳遞聲音的對象。

天空轉得很厲害。

＊＊＊

十二月二十五日，早上十點。

醒來的泰子發現竜兒倒在廚房。是從什麼時候倒在哪裡，大概只有本人才知道，因此到目前為止還沒有人知道答案。

竜兒染上流行性感冒，發燒超過三十九度。

送到醫院、醫生立刻要求住院，竜兒直到現在仍然意識不清。大河接到泰子的通知趕到醫院，頂著莫名紅腫的雙眼，也不斷吸著鼻子。耶誕夜當晚到底發生什麼事，她是在過了兩天，也是竜兒恢復意識之後才知道。

竜兒就這樣帶著滿身瘡痍迎接新年。耶誕節、大掃除，全都消失在竜兒發燒作的夢裡。

「……然後我自入魔道……」

小～竜！振作一點～！醒醒啊～！無視親生母親快哭出來的聲音，竜兒即將沸騰的腦中依然持續編織莫名其妙的妄想。

「……我和大河一起發射殺人光束、嗶嗶嗶、嗶嗶嗶……我們支配這個世界……應該是吧……可是父親才是幕後黑手，拿下面具之後，卻出現櫛枝的臉……這是怎麼回事？櫛枝，妳在做什麼啊？然後單身的紅線被人剪斷，自暴自棄買了……房子……」

竜兒在火焰飛舞的魔法世界裡單手拿劍，正在與某個對象戰鬥。跳到空中、斬殺影子、喊著施展的招數名稱，在心中某處嘆息：『今年沒丟巨大垃圾！』

「……原來耐震都是假的……啊……」

「振作一點！沒用的傢伙！」小手來回給了他幾巴掌。啊、眼睛稍微張開了！親生母親不禁大叫。住手，很痛耶──說不出話來的竜兒逕自置身魔界，繼續空虛地斬殺敵人。

啊啊──無趣、無趣。

睜開眼睛也不知道該看什麼。

反正天上的星星早已全部爆炸墜落。

四周也因此變得昏暗──

後記

已經堂堂邁入三十歲！我是T宮Yゆこ（30）。某天突然忘記自家大樓的自動鎖密碼。我在睡衣外面披上一件羽毛外套出門溜狗，回家時在入口大廳遭逢這個意外。我一手抱著狗，不由得呆立在原地。不過是四個數字而已，可是完全想不起來。而且仔細一看，才發現長褲穿反了。我起床的時間是一般人的下午時分。我試著隨便按幾個可能的數字，門依然不打開。冬天又冷又丟臉……後來多虧有住戶經過，我才能夠回到家裡。當時真的有種一切都完了的可怕感覺。人生有如滾落斜坡急轉直下，止不住老化的腳步！

就是這樣，我今年三十歲，《TIGER×DRAGON!》也堂堂邁入第七集。由衷感謝一路支持的各位讀者！事……事事事……事實上！

本系列從二〇〇五年開始到今，共出版了七集加上一集外傳。多虧各位這些日子的一路相挺，這次有件超・超・超級大消息要告訴大家，就是《TIGER×DRAGON!》！就在今年！要動畫化了！唔喔喔……！（註：以上所述的動畫播放消息為日本方面的時間）

比起開心，其實更多的是「怎怎怎怎怎麼辦才好！」的心情。總之為了回報諸位讀者的恩情，我也要努力寫出好作品，希望大家能夠開心觀賞。今後也請各位讀者繼續分給我愛與力量！拜託各位了！

基於上述原因，我不能再悠閒老化下去！時間啊，停下來吧……不對，乾脆倒轉！總而言之，就算只有腦漿也行，讓我回春吧！或是拿肉體年紀交換也好！我每天都在認真思考返老還童的方法。就在這本第七集完成之後，我的左臉頰突然腫起來，長出又痛又熱的紅腫物體。當時我還笑著說：「想念、被想念、甩人，被甩……被甩青春痘！」沒多久紅腫物體已經大到臉部無法做出表情，很明顯要去一趟醫院。我一進皮膚科，「啊！」醫生一看到我就指著我的臉，連說明的閒暇都沒有，直接要我躺在床上，拿小刀割開……以下省略。這八成也是執著於年輕的詛咒吧？是上天給予想要干涉時間流動的愚者一點懲罰吧？都已經這個年紀了，臉上還會長這種東西（已經可以結束了，這不是青春痘喔），讓我對自己感到羞恥。既然這樣我就採取光明正大的方式，最近吃很多甜食，正經八百地輸送葡萄糖到腦漿。

最後衷心感謝看到最後的各位讀者！下次是《TIGER×DRAGON!》故事發展漸入佳境的第八集！未來也請繼續支持！還有責任編輯&ヤス老師，我們也要一起更加努力！

竹宮ゆゆこ

國家圖書館出版品預行編目資料

TIGERxDRAGON! / 竹宮ゆゆこ作 ; 黃薇嬪譯. --
初版. -- 臺北市 : 臺灣國際角川, 2007. 09-
冊 ; 公分. -- (Kadokawa fantastic novels)

譯自 : とらドラ!
ISBN 978-986-174-473-5(第4冊 : 平裝). --
ISBN 978-986-174-645-6(第5冊 : 平裝). --
ISBN 978-986-174-875-7(第6冊 : 平裝). --
ISBN 978-986-174-966-2(第7冊 : 平裝)

861.57　　96015825

Kadokawa Fantastic Novels

TIGER×DRAGON 7！

（原著名：とらドラ7！）

2009年1月17日　初版第1刷發行
2022年5月30日　初版第6刷發行

作　　者：竹宮ゆゆこ
插　　畫：ヤス
日版設計：荻窪裕司
譯　　者：黃薇嬪
發 行 人：岩崎剛人
總 編 輯：蔡佩芬
副總編輯：朱哲成
設計指導：陳晞叡
印　　務：李明修（主任）、張加恩（主任）、張凱棋

發 行 所：台灣角川股份有限公司
地　　址：104台北市中山區松江路223號3樓
電　　話：（02）2515-3000
傳　　真：（02）2515-0033
網　　址：www.kadokawa.com.tw
劃撥帳戶：台灣角川股份有限公司
劃撥帳號：19487412
法律顧問：有澤法律事務所
製　　版：尚騰印刷事業有限公司
ISBN：978-986-174-966-2